KB153033

韓國의 漢詩 6

退溪 李滉 詩選

韓國의 漢詩 6

退溪 李滉 詩選

허경진 옮김

평민사

퇴계 이황 시선의 개정증보판을 엮으면서

퇴계 선생의 후손인 연민 선생을 지도교수로 모시고
사사하면서, 나는 일찍부터 퇴계 선생의 시를 읽게 되었다.
그렇지만 읽기 시작했다 뿐이지, 선생의 시세계에 대해서
별다른 재미를 느끼지는 못했었다. 내가 즐겨 읽었던 옥봉
백광훈(한국의 한시 7권)이나 고죽 최경창(8권) 또는 손곡
이달(9권) 같은 삼당파 시인들과는 너무나 다른 시세계였기
때문이었다.

그러나 내가 전공하였던 교산 허균의 아버지 초당 허엽도
퇴계 선생의 제자였기에 그의 집안에는 퇴계학의 가풍이
있었으며, 허균에게 시를 가르쳤던 손곡 이달이나 산문을
가르쳤던 서애 유성룡도 또한 퇴계 선생의 제자였기에 허균
자신도 알게 모르게 퇴계 선생의 학풍에서 자라난 것을
알고부터는, 퇴계 선생의 시에 대해서 남다른 관심을 가지게
되었다. 조선 중기의 문학이 결국은 퇴계 선생의 학문이나
시를 모르고서는 이해하기가 어렵다는 것을 뒤늦게나마
깨달았기 때문이다.

퇴계 선생의 시는 깊고도 넓은 학문의 세계가 바탕에 깔려
있어서 쉽게 접근하기가 어려웠다. 다행히도 1987년도에 연
민 선생의 『퇴계시역주』를 교정보면서 내집에 실린 1,089수
의 시를 몇 차례 꼼꼼하게 읽어볼 기회가 생겼다. 게다가
이 번역이 다시 퇴계학연구원에서 『퇴계학역주총서』의 제1
책과 제2책으로 간행되면서 이번에는 윤문의 책임까지 지게
되어, 지난번에 미처 느끼지 못했던 선생의 시세계에 대하여
깊은 즐거움을 느끼기까지 하였다.

내집의 윤문을 마치자, 연민 선생께서 내게 앞으로는 별집과

외집 및 속집까지 다 번역해보라고 커다란 숙제를 내주셨다. 나로서는 감당 못할 과제였지만 퇴계 선생의 시에 대한 욕심이 생겼으므로, 모자라는 실력을 미처 생각하지도 않고 번역에 착수하였다. 그러다가 능력의 한계를 느껴 지지부진하던 차에, 이번에는 퇴계학연구원으로부터 정식으로 속집에 대한 번역을 의뢰받아 그 부분에 대한 번역에 힘쓰게 되었다. 이러는 과정에서 별집의 교열을 책임 맡고, 또 별집, 외집, 속집 모두 902수의 운문을 책임 맡게 되어, 자연스럽게 이 시들을 모두 꼼꼼히 읽어보게 되었다.

이번에 다시 간행하는 『퇴계 이황 시선』은 사실상 퇴계학연구원의 지원에 힘입어 완성된 셈이다. 퇴계 선생의 시를 공부할 기회를 주었기 때문이다. 유도원의 『퇴계선생문집고증』과 이야순의 『요존록』도 커다란 도움을 주었다. 나 혼자서는 이해할 수 없었을 구절들을 앞서 번역하셨던 공동 역자들의 원고를 교열하거나 윤문하는 과정에서 그분들의 노고를 새삼 깊이 느꼈다. 실수투성이의 내 초고를 자상하게 교열해주신 이장우 교수께 특히 감사드린다. 이 교수께서 미리 교열하시지 않았더라면 여러 곳에 오역이 생겼을 것이다. 조그만 책이지만, 이 책이 나오기까지 도움을 주신 여러 선생님들께 이 자리를 빌어서 감사드린다.

1995년 12월 20일
허 경 진

퇴계 이황 시선의 개정증보판을 엮으면서 · 5
본집
길 선생 정려를 지나면서 · 15
월영대에서 · 17
서당에서 · 18
태안에서 새벽에 거닐며 경명 형님이 그리워 · 19
청평산을 지나다가 · 20
독서당 뒷산에 올라 임형수에게 · 25
저물녘에 거닐며 · 26
황중거의 방장산유록에다 · 28
농암 선생께 · 29
반악의 전기를 읽고서 · 30
말 위에서 · 31
백운동 서원의 여러 학도들에게 · 32
퇴계에서 · 33
도연명의 시집에서 '집을 옮기고 지은 시'를 차운하여 · 34
도연명의 시집에서 '음주' 이십 수를 화답하여 · 35
계당에서 우연히 · 38
화담집 뒤에다 · 40
붉은 복사꽃 아래에서 김계진에게 · 41
셋집에서 일찍 일어나 · 42
꿈속에서도 날 보고 싶어 시를 지었다는 제자 태수에게 · 43
용수사에서 농암 선생께 · 44
인간 세상의 참된 사내 · 45
도학을 강론하며 · 46
연말이라 집으로 돌아가는 제자들에게 · 47
서재에서 · 48

도산서당 · 49

언덕을 넘어 서당에 이르며 · 50

김을 빨리 맨다고 뿌리를 남겨서야 · 52

꿈속에 궁궐 들어가 · 53

용수사에서 글을 읽는 손자 안도에게 · 54

잘못된 책을 불태웠다는 소식을 듣고 · 55

역동서원이 이루어졌기에 · 56

말세의 학문들은 · 57

고향 서재에 작은 매화가 피었다기에 · 58

서울에서 내가 매화에게 · 59

매화가 나에게 · 60

도산 달밤에 매화를 읊어 · 61

외집

탁청정 주인이 내게 편지를 보냈는데 강고에 임시로 머물러 있다고 비웃는 내용이 있으므로 재미삼아 절구 두 수를 지어 주다 · 65

조사경이 병 때문에 청량산으로 가자던 약속을 지키지 못하였기에, 금협지가 화답한 운으로 시를 지었다 · 67

들못 · 69

김유지의 탁청정에 걸라고 시를 지어 부치다 · 70

율곡에게 지어 주다 · 72

산에서 나온 다음날 황중거에게 차운하여 답하다 · 74

계재에서 정자중에게 부치다 · 76

매화와 함께 시를 부치면서 · 77

신해년 이른 봄에 · 79

금문원의 심경 절구에 차운하다 · 83

조사경을 생각하며 · 85

정원의 매화 · 86

조사경에게 부치다 · 87

조사경이 부용봉을 읊은 여러 시에 차운하다 · 88

유이득이 그린 두 마리의 소 그림에 쓰다 · 91

한사형과 남시보의 시에 차운하여 답하다 · 92

계장에서 백강이 찾아온 것을 기뻐하다 · 93

별집

의령공의 삼우대 · 97

곤양에서 관포 어득강 선생이 지은 동주서원 열여섯 수의 절구에
차운하다 · 100

곤양에서 어관포 선생을 모시고 까치섬에 노닐다. 이 날 밀물과
썰물에 대해서 논하다 · 104

꿈 속에서 지은 시에 보태어 짓다 · 106

형님이 진휼경차관의 임무를 띠고 선산에 와서 성묘를 한다고 들
었지만 · 108

전의현 남쪽을 가다가 산골에서 굶주린 사람들을 만나다 · 110

병으로 눕고 더위에 지쳐 금호자 임형수를 그리워하다가 책상 위
에서 오산록을 집어 들어 읽고는 그 뒤에 쓰다 · 111

남경림이 원접사의 종사관이 되어 서쪽으로 가게 되었으므로 지어

주다 · 112

청심루에 묵다 · 114

꿈을 적다 · 114

양생론 · 116

선조의 묘에 술을 뿌려 제사지내며 · 119

한가롭게 지내며 · 121
임대수가 찾아와 시에 대하여 논함을 기뻐하다 · 124
한윤명이 내 글씨를 구하기에 · 129
남시보가 보내준 시를 받들어 답하다 · 133

속집
반궁 · 137
해바라기 · 138
만취당의 시를 차운하다 · 139
양지현 청감당에서 남경림의 운으로 짓다 · 140
우연히 읊다 · 141
또 의고시에 화운하다 · 142
양벽정에서 조계임의 시를 차운하다 · 144
사락정에 제하여 부치다 · 145
삼월 병중에 뜻을 말하다 · 149
절구 · 151
규암의 시에 차운하다 · 154
임사수가 서당에서 인상인을 데리고 와서 시권에다 시를 지어 달라고 청하니 세 수이다 · 156
관음원에서 비를 피하다 · 158
사인거사 노인보가 찾아왔기에 앞의 운을 써서 짓다 · 159
계장에서 우연히 쓰다 · 161
동암에서 뜻을 말하다 · 162
사물을 관조하다 · 163
황중거가 보내준 시에 차운하다 · 164
어제 농암선생을 뵙고 물러나와 느낀 바 있어 두 수를 짓다 · 165

동래 여조겸 · 167
상산 육구연 · 168
동짓달 열엿새에 눈이 오다 · 169
손자 아몽의 이름을 안도라 짓고는 절구 두 수를 지어 그 뜻을 보
여주다 · 173
죽마 타고 같이 놀던 벗들 · 174
책을 읽고 보내온 조카의 시를 보고 · 175

부록
퇴계의 생애와 시/윤기홍 · 179
연보 · 183
原詩題目 찾아보기 · 185

본집

退溪 李滉

길 선생 정려를 지나면서
過吉先生閭

아침부터 걸어서 낙동강을 지나노라니
낙동강 물은 어찌 저다지 유유하게 흐르는가.
한낮에 쉬며 금오산을 바라보니
금오산 굽이굽이 울창하여라.
맑은 강줄기 감돌아 땅속 깊이 스몄고
깎아지른 절벽은 하늘 높이 솟구쳤네.
마을이 있어 봉계라 이름하니
산과 물 그 사이에 있네.
선생께서 이 가운데 장수 터니
정려를 세우시어 나랏님 은전 내리셨네.
대의를 위해서 흔들리지 않았으니
속세가 싫어 버렸다고 어찌 말하랴.
조대[1]의 높은 바람 천년 뒤에도 남아 있어
우리나라에까지 다시금 불어왔네.
나라를 붙들기에는 이미 늦었지만
벼리를 세웠으니 길이 우뚝하여라.

■
* 원주에 "계사년(1533)에 지었다"고 하였다. 길 선생은 고려 말기에 충
  신이자 성리학자로 이름 높던 야은(冶隱) 길재(吉再)이다. 그의 절개를
  표창하여, 나라에서 정려를 세웠다.
1. 후한(後漢) 광무제의 벗인 엄광(嚴光)이 벼슬을 사양하고 낚시하던 곳
  이다.

대장부는 커다란 절개를 귀하게 여기건만
선생의 한평생을 아는 사람 없어라.
아아, 이 세상 사람들이여
높은 벼슬을 삼가 사랑하지 말게나.

朝行過洛水,　洛水何漫漫.
午憩望鰲山,　鰲山鬱盤盤.
淸流徹厚坤,　峭壁凌高寒.
有村名鳳溪,　乃在山水間.
先生晦其中,　表閭朝命頒.
大義不可撓,　豈曰辭塵寰.
千載釣臺風,　再使激東韓.
扶持已無及,　植立永堅完.
丈夫貴大節,　平生知者難.
嗟爾世上人,　愼勿愛高官.

월영대에서
月影臺

늙은 나무 기이한 바위
푸른 바닷가에 있건만,
고운[1] 선생 놀던 자취
연기처럼 스러졌네.
지금은 오직 높다란 대에
밝은 달만 길이 남아,
그 정신을 남겨다가
내게 전해 주려 하네.

老樹奇巖碧海堧,　孤雲遊跡總成烟.
只今唯有高臺月.　留得精神向我傳.

* 최치원이 놀던 곳인데, 당시 창원부 회원현 서쪽 바닷가에 있었다. 최
  치원이 글을 새긴 돌이 있었지만, 그 당시에 이미 벗겨지고 부서졌
  다. 두척산 봉우리 위에 고운대가 있었는데, 월영대 북쪽 5리 되는
  지점이었다. 최치원이 두척산 숲 끝에 집을 짓고 월영대에 거닐었다
  하여, 후세의 많은 시인들이 이곳에서 그를 생각하며 시를 지었다.
1. 신라 시대의 시인이던 최치원의 자이다.

서당에서
書堂次金應霖秋懷

오동잎에 가을 드니 한 해가 다해
산천에 노닐자던 오랜 약속 또 못 지켰네.
병중에도 생각나네 술을 불러 성인이라니,
가난타 하더라도 형님처럼 돈을 섬기랴.[1]
붉은 기운 옛 선인은 함곡관 밖을 나고[2]
누런 갓 쓴 도사는 감호로 돌아갔었지.[3]
내 평생 그릇되게 금규 선비[4] 친했지만
제각기 제 본성을 지키기보단 못하리라.

秋入梧桐撼一年.　　飜思宿債負山川.
病中猶憶聖呼酒,　　貧裏寧甘兄事錢.
紫氣仙人函谷外,　　黃冠道士鑑湖邊.
平生謬厠金閨彦,　　不及渠家養寸田.

■
1. 노포(老褒)가 「전신론(錢神論)」을 지어, "친애하기를 형님처럼 하였다"
　고 하였다.
2. 노자가 푸른 소를 타고 함곡관을 나갔을 때 붉은 기운이 공중에 떴
　다고 한다.
3. 당나라 시인 하지장(賀知章)이 집현학사(集賢學士)로 있다가 도사가 되
　어 시골로 돌아가기를 청하였는데, 임금이 감호(鑑湖) 섬천(剡川)의 한
　굽이를 하사하였다.
4. 금마문(金馬門)을 드나드는 문학사(文學士)를 뜻한다.

태안에서 새벽에 거닐며 경명 형님이 그리워
泰安曉行憶景明兄

각을 불어 한밤중 성문을 열고
나라 일을 위해 역말을 달려가네.
안장 위에서 남은 꿈마저 꾸노라니
달빛 환하게 바다 위에 뻗쳤어라.
인기척에 놀란 학은 외딴 섬으로 날아들고
비 맞은 농부는 먼 마을로 달려가네.
호서와 영남 서로 바라보지만 천 리나 떨어져
어디로 달려야 할지 아득히 모르겠어라.

郡城吹角夜開門. 祇爲王途急馹奔.
殘夢續鞍身兀兀, 游光連海月痕痕.
驚人別鶴投孤嶼, 趁雨耕夫出遠村.
湖·嶺相望隔千里, 不知何處戒征轅.

■
* 원주에 "이때 형님은 진휼경차(賑恤敬差)로서 영남에 가 계셨고 황(滉)
  은 구황적간어사(救荒摘奸御史)로 호서에 가 있었다"라고 하였다. 경명
  은 퇴계의 넷째형님인 해(瀣)의 자인데, 호는 온계(溫溪)이다.

청평산을 지나다가
過淸平山有感

춘천에 있는 청평산은 옛날의 경운산이다. 고려왕조 때에 이자현(李資賢)이 벼슬을 버리고 돌아와서 이 산에 숨었는 데, 이곳에 보현원이 있으므로 자현이 이에 머물며 이름을 문수사라 불렀다. 경운산이 청평산으로 고쳐진 것도 또한 자현에게서 비롯되었다. 자현이 일찍이 양반 집안에서 자라 풍류와 문학이 당시에 으뜸이었고, 또 벼슬길이 열려서 높은 자리에 올랐었다. 그가 부귀를 구해서 푸르고 붉은 인끈을 취하려고 했다면, 마치 땅 위의 지푸라기를 줍기보다도 쉬웠을 것이다. 그러나 그는 영화를 사양하고 벼슬자리를 피하여 높이 또 멀리 가버렸으니, 이는 마치 매미가 혼탁하고 더러운 가운데서 벗어나고, 기러기가 만물 위에 멀리 나는 것과 같았다. 그가 이 산 속에 머문 지 37년 되는 동안에 임금의 겸손한 글과 두터운 예물이 이르렀지만, 그의 절개를 굽히지는 못하였다. 천 대의 마차와 만 종의 곡식으로도 그의 마음을 움직이지는 못하였으니, 그의 가슴 가운데 숨은 즐거움이 없었다면 어찌 이런 경지에 이를 수 있었으랴. 내가 일찍이 『동국통감』을 읽다가 이상하게 생각한 적이 있었다. 당시의 사관이 자현을 논한 말 가운데 그를 매우 헐뜯어, 심지어는 그를 가리켜 탐스럽고 더럽고 인색하다 하였으니, 아아! 슬프도다. 어찌 그다지도 지나쳤던가. 예부터 고인과 일사들 가운데 자현에게 견줄 자가 어찌 없었으리오마는, 그들은 대체로 농부의 신분이거나 초야의 먼 곳에서 태어났었다. 그들은 대개 나무와 돌로써 집을 삼고 사슴과 돼지로 더불어 벗을 삼았던 만큼, 거친 밥이나 추한 나물을 먹기에 습성이 되어서 마음에도 편안하였으므로, 그들이 비록 이 세속을 길이 하직하여 돌아오지 않으려 해도 어떤 어려움이 없었다. 그러나 이와 반대로 온갖 명리의 마당에서 발을 빼며 부귀의 총중에서 몸을 빼내었음에도 불구하고 조그만 원망이나 뉘우침도 없이 자현처럼 처음과 끝이 같았던 이는 거의 없었으니, 겨우 하나밖에 없었다. 이 어찌 갸륵하지 않은가. 어떤 사람은 이르기를 "자현이 나라를 버리고 간 까닭은 그 자체가 자기의 명예를 사기 위해서이다"라고 하여 그를 헐뜯으니, 나는 그 이론도 이해할 수 없다. 돌로 베개를 삼고 맑은 물로 양추하다 바위틈에서 말라죽은 그 명예가, 어찌 푸르고 붉은 인끈을 늘어뜨리고 자기의 공덕을 그릇과 솥에 새기며 현악과 가곡에 올려서 천추에 전하는 그런 명예와 견줄 수 있으랴. 세속적인 기준으로 따진다면 이 두 가지를 모두 가리켜 명예라고 말하겠지만, 그 일을 행하는 기쁨과 괴로움은 아주 다르다. 자현은 마치 자기 몸에 때가 묻을 것처럼 재빨리 벼슬길을 버렸지만, 조용히 자연으로 돌아와서는 자기 일생이 끝나도록 돌보지 않았으니, 그럼에도 불구하고 "그가 명예를 위해서 그러했다"고 헐뜯는다면, 이 어찌 인정에 가까운 논평이랴. 나는 그의 가슴속에 반드시 즐거움이 있어서, 결코 저 세속에서 헐뜯는 것과는 다르리라고 생각한다. 그래서 나는 자현을 잊을 수 없는 것이다. 사관이 이르기를, "자현이 농장을 마련해서 그 지방의 농민들에게 괴로움을 끼쳤다"고 하였으니, 아무리 숨어 사는 이라도 어찌 위로 마른 흙을 씹으며 아래로 황톳물 마시기를 저 지렁이처럼 하겠는가. 약장사나 점쟁이 노릇을 하지 않는다면, 힘껏 밭을 갈아 먹을 수밖에 없을 것이다. 그렇다면 자현이 논밭을 마련하여 자기 힘껏 먹는 것이 어찌 흠 된다고, 그 이유를 들어 그를 헐뜯고 꾸짖는단 말인가. 이는 아마도 당시 사대부 가운데 영화를 탐내고 이익을 사랑하며 세도에 골몰하던 자가 있어, 자현의 행위가 자기의 행위와는 마치 저 하늘에 높이 치솟는 누런 따오기와 흙 속에 기어 다니는 벌레처럼 서로 견줄 수 없는 것을 보고서, 그 마음속에 불평이 생겨, 그가 하는 일을 몰래 엿보고는, "숨은 선비란 세속에 구함이 없어야지" 하고 헐뜯거나 "그는 논밭 마련하기를 일삼았다"고 말한 것이리라. 그들이 반드시 근거 없는 비방을 꾸며냈다고 보지 않을 수도 없는 일이므로, "농민에게 괴로움을 끼쳤다"는 말이 그들의 모함이 아닌 줄을 어찌 알랴. 옛날 충명일의 말년에도 또한 '농장을 마련하였다'는 비방이 있었지만, 올바로 논하는 선비들은 "그의 높은 이름에 어울리지 않는다"거나 또는 "맑은 논객들이 안타깝게 여겼다"는 정도로 논하였을 뿐이다. 어디 요즘의 사관처럼 가혹한 논평을 하였던가. 옛 사관이 이 일을 빼지 않고 지나치게 전한 데다 뒷날의 사관이 또한 가벼이 그 기록을 믿고 몰아세워 논평하였으니, 그들이 아무렇게나 논평하기를 좋아하고 남의 아름다움을 이루어줌은 좋아하지 않으니, 어찌 이러한가. 일찍이 임금의 초빙을 사양하는 자현의 글 가운데, "새를 기르는 방법으로, 새를 기르면 음악을 아뢰던 근심이 없을 것이니, 고기의 즐거움을 살펴 알아 강호의 즐거움을 알게 하여 주소서"라는 구절이 있으니, 아아, 슬프다. 그의 넓은 가슴속을 어찌 세속의 말 많은 자들이 만분의 일이라도 엿볼 수 있으랴. 내가 사신의 명을 받들어 이곳에 이르러 청평산 밑을 지나다가, 역리에게 물어서 이 산 속에 청평사가 있음을 알았다. 이 절은 바로 옛날의 보현원이었다. 길이 바빠서 산문을 찾아 깊숙한 사적을 구경하지는 못하고, 일찍이 역사를 읽다가 마음에 느낀 바 있었음을 위와 같이 쓰고는, 뒤를 이어 시를 읊는다.

산협을 감돈 강물에 사다리길 기울었는데
어디선가 구름 밖에서 맑은 냇물 흘러나오네.
지금까지 사람들은 여산사[1]만 말해 왔지만
여기서 임께서는 곡구[2]밭을 갈으셨네.

밝은 달 하늘에 가득해 그 정신 남아 있고
맑은 아지랑이 자취 없어 헛된 영화 버렸어라.
우리나라 은일전[3]을 그 누가 지을 건가.
조그만 흠집 끄집어내 맑은 구슬 가리지 마소.

峽束江盤棧道傾.　忽逢雲外出溪淸.
至今人說廬山社,　是處君爲谷口耕.
白月滿空餘素抱,　晴嵐無跡遣浮榮.
東韓隱逸誰修傳,　莫指微疵屛白珩.

■
1. 진나라 혜원(蕙遠)이 여산의 맑은 경치를 보고는 18현(賢)과 더불어
   정토사(淨土寺)를 세우고, 백련사(白蓮寺)라고 이름하였다.
2. 한나라 정자진(鄭子眞)이 곡구에서 밭을 갈았다.
3. 은사와 일사들의 생애를 기록한 책이다. 『진서(晉書)』·『당서(唐書)』·
   『송사(宋史)』·『명사(明史)』를 비롯한 정사의 열전에도 은일전이 있다.

독서당 뒷산에 올라 임형수에게
九日獨登書堂後翠微寄林士遂四首

3.
그대 생각 간절하여 잠시도 떠나지 않네.
술 취해 국화 꽂았지만 누구와 함께 기뻐하랴.
초승달은 어여쁘게 사람을 찾아들고
긴 바람 나그네 속여 갓 위에 스쳐오네.
천 겹 눈썹 같은 산줄기는 아스라이 벌여 있고
한 줄기 비단결이 차갑게 흐르네.
아름다운 경치도 때로는 티끌 되기 쉬우니
빨리 그려 두었다가 그대와 함께 구경하리라.

思君那得暫時寬,　醉把黃花誰共歡.
新月媚人還入手,　長風欺客且吹冠.
千重眉黛依依列,　一道冰紈湛湛寒.
景物隨緣易陳跡,　急須摹取與君看.

저물녘에 거닐며
晚步

잊은 것이 생각 안 나 아무렇게나 책을 뽑았다가
여기저기 흩어진 것을 다시금 정돈하였네.
어느새 저 햇살은 서쪽으로 기울고
강물 위에는 숲 그림자 일렁이네.
지팡이 짚고 뜨락으로 내려가서
머리를 높이 들어 구름 덮인 고개를 바라보니,
저녁밥 짓는 연기 멀리서 피어오르고
언덕과 들판은 싸늘해졌네.
농사짓는 집들은 추수철이 가까워
절구질에도 우물가에도 모두가 기쁨일세.
까마귀 나는 모습 천기에 익숙하고
해오라기는 세속 떠나 멀리 섰네.
내 한평생에 무엇을 했던가.
오랫동안 원하던 일도 여지껏 못 이루었네.
착잡한 이 마음을 더불어 말할 사람이 없어
거문고를 뜯노라니 밤은 더욱 고요해라.

■
* 명양정(明陽正) 현손(賢孫)이 일찍이 이 제목으로 시를 읊었었는데, 우
  연히 그 시를 읽고는 너무나 사랑스러워 그 운자를 빌어 시를 짓는
  다.(원주)

苦忘亂抽書，　散漫還復整.
曜靈忽西頹，　江光搖林影.
扶筇下中庭，　矯首望雲嶺.
漠漠炊煙生，　蕭蕭原野冷.
田家近秋穫，　喜色動臼井.
鴉還天機熟，　鷺立風標迥.
我生獨何爲，　宿願久相梗.
無人語此懷，　瑤琴彈夜靜.

황중거의 방장산유록에다
題黃仲擧方丈山遊錄

방장산은 신선의 산, 인간 세상 아니거니
진시황도 한무제도 헛된 꿈만 꾸었었네.
단약을 먹고서 변화하지 않았다면
어찌 붉은 연기 타고서 날아 올랐으랴.
청학동에 들어서는 느껴워 머뭇거리다
대붕새 나는 하늘 소요하며 놀았어라.
반평생 옥가루를[1] 시험해 보진 못했지만
다행히 이 책[2] 읽어 정신으로 노닐었네.

方丈仙山非世間.　秦皇徒慕漢空憐.
不緣變化因丹藥,　那得飛昇出紫烟.
感慨躊躇靑鶴洞,　逍遙游戲大鵬天.
半生未試囊中法,　猶幸神遊託巨編.

■
* 황준량(黃俊良, 1517~1563)이 지리산에서 놀면서 지은 기행문에다 퇴계
　가 지어준 시이다.
1. 후위(後魏) 때에 이예(李預)가 식옥법(食玉法)을 배워, 남전산 옥을 캐어
　다 가루를 내어 먹었다.
2. 황준량이 지은 『방장산유록』이다.

농암 선생께
上聾巖李先生

높은 대에 새 가락으로 깊은 가을 노래하며
국화꽃 꺾어 쥐고 갈매기를 부릅니다.
덕망을 우러르며 밤들어 맑은 꿈꾸다
가다가 달 밝을 땐 강가에 나와 섭니다.

高臺新曲賞深秋.　手折黃花對白鷗.
仰德至今淸夜夢,　月明時復到中洲.

반악의 전기를 읽고서
晉史潘岳傳

돈을 불러 형님이라니
돈에 신이 있단 말인가
맑은 이야기로 일삼으며
제 몸 둘 곳을 꾀하였네.
아까워라, 반랑이여
재주와 생각이 많았다지만,
흰 구슬 그 가운데에
한 섬 티끌을 간직했어라.[1]

自是錢兄絶有神.　淸談須與更謀身.
潘郞可惜多才思,　白璧中藏一斛塵.

■
* 반악의 전기는 『진서(晉書)』 권 55 「열전」 제25에 실려 있다.
1. 반악이 어렸을 때부터 재주가 뛰어나다고 이름났지만, 남들에게 미
   움을 사서 10년 동안이나 벼슬하지 못하고 노닐었다. 반악이 아름다
   운 풍도를 지니기는 하였지만 권세와 이익을 추구하는 성품이어서,
   석숭과 함께 가밀(賈謐)에게 아첨하였다. 가밀이 외출할 때를 기다렸
   다가, 그의 수레에서 일어나는 티끌을 바라보면서 절하였다. 그래서
   가밀이 스물네 벗 가운데 반악을 으뜸으로 꼽았다.

말 위에서
馬上

아침길엔 허리 굽혀 맑은 시냇물 소리를 듣고
돌아오는 저녁길엔 푸른 산 그림자를 바라보네.
아침저녁으로 산과 물 가운데 다니노라니
산은 푸른 병풍이고 물은 밝은 거울일세.
푸른 산속을 거닐 젠 구름 속의 학이 되고
물가에 노닐 적엔 갈매기가 되고파라.
벼슬이 내 인생 그르친 걸 여지껏 모르고서
단구에 노는 신선이라고 억지로 생각하네.

朝行俯聽淸溪響.　暮歸遠望靑山影.
朝行暮歸山水中,　山如蒼屛水明鏡.
在山願爲棲雲鶴,　在水願爲遊波鷗.
不知符竹誤我事,　强顔自謂遊丹丘.

백운동 서원의 여러 학도들에게
白雲洞書院示諸生

소백산 남쪽 옛 순흥 땅에
흰 구름 쌓인 위로 죽계가 흐르네.
인재 길러 도를 지키니 그 공 얼마나 거룩턴가[1]
사당 세워 현인 높임, 그 일도 처음일세.[2]
영재들 스스로 모여들어 간절하게 우러르니
숨어서 덕을 닦는 게 벼슬 구함 아니라네.
고인을 못 뵈었지만 그 마음은 보았으니
달빛이 연못에 비쳐 얼음처럼 싸늘해라.

小白南壚古順興.　竹溪寒瀉白雲層.
生材衛道功何遠,　立廟尊賢事匪曾.
景仰自多來俊碩,　藏修非爲慕騫騰.
古人不見心猶見,　月照方塘冷欲冰.

* 백운동 서원은 순흥에 있었는데, 1550년에 퇴계가 군수로 부임하여
　명종에게 아뢰어, 노비와 논밭 및 소수서원이라는 액서를 하사받고
　사액서원의 시초가 되었다. 이 시에 "기유년(1549)에 지었다. 풍기 군
　수로 부임한 뒤이다"라는 원주가 붙어 있다.
1. 풍기 군수 주세붕이 1542년에 안향(安珦)을 제사하기 위하여 그의 옛
　집에다 사당을 세우고, 1543년에 사학기관인 백운동 서원을 건립하
　였다.
2. 백운동 서원은 우리나라 최초의 서원이다.

퇴계에서

退溪

벼슬에서 물러나니 내 분수에 편안해라.
학문까지 물러설까봐 느지막이 걱정되네.
이제야 이 시냇가에 머물 곳 마련했으니
맑은 흐름 굽어보며 날마다 깨달으리라.

身退安愚分,　學退憂暮境.
溪上始定居,　臨流日有省.

도연명의 시집에서
<집을 옮기고 지은 시>를 차운하여
和陶集移居韻二首

2.
한 잔 술을 혼자 들면서
도연명·위응물의 시를 한가히 읊었네.
숲과 시냇물 사이를 거닐다 보면
마음이 환해져 저절로 즐거워라.
옛 책은 참으로 맛이 있건만
병이 많다 보니 깊은 생각 두려워라.
그 냄새 끼칠까봐 악한 이를 미워하고
때 늦을까 걱정하며 착한 이를 사모했네.
시냇물 소리는 밤낮을 쉬지 않고
푸른 산빛은 옛날과 다름없으니,
무엇으로 내 마음 달랠거나
옛 성인 말씀만은 나를 속이지 않으리라.

獨酌一杯酒,　閒詠陶·韋詩.
逍遙林澗中,　曠然心樂之.
古書誠有味,　多病畏沈思.
疾惡憤遺臭,　慕善嗟後時.
溪聲日夜流,　山色古今玆.
何以慰吾心,　聖言不我欺.

도연명의 시집에서 <음주> 이십 수를 화답하여
和陶集飮酒二十首

5.
내 본디 시골 사람 기질 있어
고요함을 사랑하고 지껄임은 싫어했네.
지껄임 좋아하는 게 옳지는 않겠지만
고요함만 사랑하는 것도 또한 치우친 일일세.
그대여, 큰 길 가는 사람을 보게나.
서울에 살면서도 시골처럼 생각한다네.
올바른 길이 편안하니 이 길을 걸어야지.
갈 땐 가고 멈출 땐 멈춰야지.
세속에 물들까 그것만 걱정이니
차라리 고요한 가운데 마음 수양하리라.

我本山野質,　愛靜不愛喧.
愛喧固不可,　愛靜亦一偏.
君看大道人,　朝市等雲山.
義安即蹈之,　可往亦可還.
但恐易磷緇,　寧敦靜修言.

8.
동산 숲속에 아침 비 지나가자
나무들 푸른빛이 더욱 아름다워라.
느지막 서늘한 바람 빈 골짜기에 불고
스러지던 노을이 높은 가지에 걸렸네.
초가집은 마냥 고요하고
골짜기는 기이하게 뚫렸네.
술이 있어도 혼자 마실 리 없으니
어쩌다 얻은 흥겨움 내 알아 즐기리라.
형적을 잊을 만큼 이 몸이 취했으니
내 어이 티끌 굴레에 다시금 얽혀들리.

園林朝雨過,　葱蒨嘉樹姿.
晚涼生衆虛,　餘靄棲高枝.
沈寥茅屋靜,　嵤谽洞壑奇.
酒無獨飲理,　偶興聊自爲.
陶然形迹忘,　況復嬰塵羈.

14.
순임금과 주문왕도 세상 버린 지 오래고
조양의 봉새마저 이르지 않는구나.
상서로운 기린까지 너무나 오랬으니
세상 끝장이라 어둡고 취했어라.
낙수와 민중[1]을 우러러 바라보니
수많은 현인들이 뒤를 이어 일어났네.
내 어쩌다 늦고도 외진 곳에 태어나
홀로 어둠 헤매며 학문을 닦았던가.
'아침에 도를 들으면 저녁에 죽어도 좋다' 했으니
이 말씀 참으로 깊은 맛을 지녔어라.

舜・文久徂世,　朝陽鳳不至.
祥麟又已遠,　叔季如昏醉.
仰止洛與閩,　群賢起鱗次.
吾生晩且僻,　獨昧修良貴.
朝聞夕死可,　此言誠有味.

■
1. 낙수는 정자가 살던 곳이고, 민중은 주자가 살던 곳이다.

계당에서 우연히
溪堂偶興十絶

2.
시냇물 소리 가운데 징검다리 건너가면
구렁에 비겨서 서당이 열렸어라.
깊은 데다 외지다고 남들이야 웃건마는
내 본디 좋아하니 맘껏 거닐리라.

彴跨溪背度,　堂依壑勢開.
從他笑深僻,　素履足徘徊.

9.
병들었다 핑계 대고 한가한 몸이 되면
속세 일 모두 끊고 깊은 곳 찾으리라.
참으로 기쁜 것을 알고 싶어지면
경서를 껴안고서 백수로 늙으리라.

因病投閒客,　緣深絶俗居.
欲知眞樂處,　白首抱經書.

10.
샘물을 움켜다 벼루에 붓고서
한가히 앉아 새로운 시를 쓰네.
깊숙이 사는 이 멋 스스로 즐거우니
남이야 알건 말건 무엇을 관계하랴.

掬泉注硯池,　　閒坐寫新詩.
自適幽居趣,　　何論知不知.

화담집 뒤에다
書徐處士花潭集後三首

1.
말세라지만 하늘의 이치는 바꾸지 않아
동쪽 이 나라에도 성인이 살려 하셨네.[1]
노나라 풍속이야 오히려 바뀌겠지만
기자의 높은 가르침 어찌 끝내 헛되랴.
선배들은 문장에 치우쳤고
요즘 사람들은 학문이 어설프니,
그 누가 스스로 분발하여
몸소 도 닦으며 경서에 힘썼던가.

末世天無改,　吾東聖欲居.
魯風猶可變,　箕訓詎終虛.
前輩文華勝,　今人術業疎.
有誰能自奮,　躬道向經書.

■
1. 공자가 『논어』 「공야장(公冶長)」 편에서 "도가 행해지지 않으면 뗏목
   을 타고 바다로 나가겠다"고 하였으며, 「자한(子罕)」 편에선 동방의
   여러 종족 가운데 살기를 원하였다.(子欲居九夷)

붉은 복사꽃 아래에서 김계진에게

紅桃花下寄金季珍二首

1.
꽃 심었던 늙은 나그네 십 년 만에 돌아오니
나무도 늙었지만 날 맞아 활짝 꽃 피웠네.
꽃 보고 물었지만 아무 대답 없기에
기쁘고 슬픈 일들을 모두 봄 술잔에 부치려네.

栽花病客十年回.　樹老迎人盡意開.
我欲問花花不語，悲歡萬事付春杯.

2.
늦은 비 부슬부슬 새소리도 슬픈데
수천 꽃봉오리 말없이 지는구나.
어느 누구의 피리 소리가 봄 시름을 불러왔나
꽃내 향그런 하늘가에 임 생각 끝없어라.

晚雨廉纖鳥韻悲.　千花無語浪辭枝.
何人一笛吹春怨，芳草天涯無限思.

셋집에서 일찍 일어나
寓舍西軒早起即事

밤들며 베갯머리에 빗소리 들리더니
아침놀이 뵐락말락 흐렸다간 개이네.
방석도 없는 자리엔 손님마저 없건만
잎 떨어진 동산에도 꽃은 또한 보이네.
자던 새는 제 맘대로 일찍이 흩어져 날고
머슴아이 게으르긴 해도 깨끗하게 쓸었구나.
글 읽어 뜻 맞으면 편안한 생활도 잊게 되니
누구를 격려하여 학문의 길을 걸을 건가.

夜枕浪浪徹雨聲.　朝霞明滅弄陰晴.
無氈坐上仍無客,　有蘀園中亦有英.
宿鳥自營飛散早,　家僮雖懶掃涓淸.
讀書契意忘安飽,　相勸何人共日征.

꿈속에서도 날 보고 싶어
시를 지었다는 제자 태수에게
台叟來訪云夢中得句相思成鬱結幽恨寄瑤琴覺而足成
四韻書以示之次韻

눈길을 밟으면서 날 찾아와서는
꿈속의 시를 보이면서 웃었다간 다시 읊었네.
날 생각하던 그 마음 너무나 감격스러우니
책 속에 쌓인 뜻이 깊이 스며 있어라.
얻고 잃음이란 손가락 같지 않아
어려운 일 당하면 마음 다시 가다듬네.
세상에 쓸모없다고 무엇이 거리끼랴
줄 없는 거문고가 되기를 바랄진저.

踏雪來相訪,　題詩笑復吟.
夢中神感激,　書裏意沈沈.
得失難齊指,　艱虞更勵心.
何妨無世用,　願作沒絃琴.

■
* 원제목이 무척 길다. <태수가 찾아와서 이르기를 "꿈속에 '그리워 시
　름이 맺혔기에, 깊은 한을 거문고에 부치네'라는 시구를 얻었기에, 깨
　고 나서 그 뒤를 이어 네 운을 이루었습니다" 하고는 그 시를 써서
　보이기에 이를 차운한다.>

용수사에서 농암 선생께
寓龍壽寺聾巖先生寄示蟠桃壇唱酬絕句奉和呈上二首

1.
큰 복숭아나무 그 열매가 맺히기를 바라며
지금까지 그 몇 해를 기다렸던가.
꽃 앞에서 바둑 한 판을 구경타 보니
티끌세상에선 어느새 천 일이 지났다오.

擬結蟠桃子,　于今第幾年.
花前看一局,　浮世日過千.

2.
이 몸이 병들어 벼슬 떠나던 날
큰 늙은이께선 한가로움을 즐기셨네.
무릉도원 신선 세계를 채 이르기도 전에
티끌세상 모든 시름을 이미 씻어냈어라.

小臣辭病日,　大老樂閒年.
未到桃源界,　塵愁已洗千.

■
* 원제목이 길다. <용수사에 머물러 있을 때, 농암 선생이 반도단에서
주고받았던 절구를 부쳐왔다. 그래서 두 절을 차운하여 올렸다.> 반
도단은 임강정에 있는데, 그 위에 큰 복숭아나무가 있어 꽃과 열매가
번성하였다.

인간 세상의 참된 사내
答季珍

힘껏 갈고도 굶주리니 농사는 어리석어라.
세 가지 즐거움 있다고 영계기가 자랑했었지.[1]
밟는 땅마다 어찌 실지가 아니랴만
인간 세상 참된 사내 그 누구던가.
시냇가에 가을 드니 서늘한 바람 불어오고
산장에 비 지나자 푸른 기운 듣는구나.
홀로 앉아 시를 읊어도 듣는 이가 없기에
유연히 머리 돌리고 종남산을 생각하네.

力耕多餒笑農憨.　榮啓終誇樂有三.
脚下豈應無實地,　人間誰定是眞男.
秋回澗樹生涼籟,　雨過山堂滴翠嵐.
獨坐吟詩無與聽,　悠然回首憶終南.

■
1. "천지 만물 가운데 사람 된 것이 첫째 즐거움이고 남자 된 것이 둘
   째 즐거움이다. 태어나도 강보에서 죽는 이가 많건만 나는 아흔다섯
   해나 살았으니, 그것이 셋째 즐거움이다."

도학을 강론하며
講道

성현의 말씀 실마리 되어
미묘하면서도 어둡지는 않아라.
연원이 흘러내려 시작된 곳 뚜렷하니
털끝처럼 가는 것까지 다투어 따지네.
무엇을 하려고 진리를 강론하는가
도학에 뜻을 두어 편안함을 찾으려네.

聖賢有緒言,　微妙非玄冥.
源流有所自,　毫末有所爭.
講之欲何爲,　志道求其寧.

연말이라 집으로 돌아가는 제자들에게
歲終琴聞遠琴壎之金子厚將歸示詩相勉亦以自警警安
道三首

2.
과거 공부가 어찌 사람을 더럽히랴.
학문에 통하면 모든 이치 펼 수 있으리라.
어쩌다 온 세상에 아름다운 영재들이
여기 한번 떨어지면 돌이키지 못하던가.

科目焉能累得人.　學通諸理可兼伸.
如何滿世英才美,　一落終身未轉身.

서재에서
東齋感事十絶

2.
저 산림을 젊어서부터 사랑했건만
중간에 마음과 일이 너무 어긋났네.
옛 성현이 나의 길 돌이켜 주지 않았더라면
나그네 아득한 신세 어찌 끝이 있었으랴.

少小林泉有好懷.　中間心事太相乖.
若非前哲回吾駕，　逆旅茫茫詎有涯.

4.
병 많고 하릴없는 백발 늙은이
이 몸이 한평생 좀벌레와 벗하였네.
좀벌레 글자 먹는다고 그 맛이야 어이 알랴
하늘이 글을 내시어 즐거움 그 가운데 있네.

多病無能白髮翁.　一身長伴蠹書蟲.
蠹魚食字那知味，　天賦群書樂在中.

도산서당
陶山書堂

순임금 몸소 그릇 구워[1] 즐겁고도 편안했다네.
도연명 또한 농사하며 얼굴빛이 기뻤다네.
성현의 그 심사를 내 어찌 얻으랴만
백수로 돌아왔으니 여기 숨어 살리라.[2]

大舜親陶樂且安.　淵明躬稼亦歡顔.
聖賢心事吾何得，　白首歸來試考槃.

■
1. 순임금이 일찍이 하빈에서 질그릇을 구웠다.
2. 『시경』 위풍에 실린 <고반>은 은자의 즐거움을 노래한 시이다.

언덕을 넘어 서당에 이르며
步自溪上踰山至書堂

바위 벼랑에 꽃이 피었건만
봄은 고요하기만 하고,
시냇가 나무 위에 새가 울건만
물소리는 잔잔하기만 해라.
우연히 산 뒤에서
제자들을 데리고 오다가,
한가롭게 산 앞에 이르러선
은자가 즐길 자리를 찾아보네.

■
* 신유년(1561) 삼월 그믐에 선생께서 개울 남쪽 서재를 걸어서 나가셨
  다. 이복흥·이덕흥 등을 데리고 도산으로 가서, 산봉우리 소나무 그
  늘에서 쉬셨다. 그때 산에는 꽃들이 활짝 피었고, 노을과 숲도 아름
  답고 고왔다. 선생께서 두보의 시 가운데,
      물 웅덩이에서 멱 감는 해오라기는 그 심성을 알아볼 수 있고
      외로운 나무가 꽃을 피우는 것은 저절로 분명해라
  라는 구절을 읊으셨다. 덕흥이 "그 구절은 어떠한 뜻입니까?"라고 여
  쭈었다. 선생께서 대답하셨다. "자기를 위하는 군자는 아무 하는 것
  이 없으면서도 그렇게 된다. 이 뜻에 저절로 맞게 된다. 배움이란 것
  은 모름지기 체험을 해보아야만 한다. 그 의(誼)를 바로잡으면서도 그
  이익은 꾀치 않고 그 도(道)는 밝히면서도 그 공은 헤아리지 않아야
  한다. 만약 조금이라도 억지로 할 마음이 있다면, 학문이 아니다" 완
  락재(玩樂齋)에 이르러서는 절우사(節友社) 매화 아래에 앉으셨다. 그때
  에 어느 중이 남명(南冥)의 시를 바쳤더니, 선생께서 몇 편을 읊어보
  시고는 말씀하셨다. "이분의 시는 대개가 매우 기이하고도 험난한데,
  이 시만은 그렇지가 않구나." 이어서 시를 지으시고, 또 한 절구를
  지으셨다. (위의 시라서 줄임)

花發巖崖春寂寂,　鳥鳴澗樹水潺潺.
偶從山後携童冠,　閒到山前問考槃.

■
덕홍이 여쭈었다. "이시에는 기상(沂上)의 즐거움이 있어서 그 일용(日用)의 떳떳함을 즐거워하고, 위와 아래가 함께 즐거워하니, 각기 그 묘한 경지를 얻었습니다." 그러자 선생께서 말씀하셨다. "비록 그러한 뜻이 조금 있기는 하지만, 그것을 노골적으로 말한다면 너무 지나치게 될 뿐이다"
　　－『퇴계언행록(退溪言行錄)』

김을 빨리 맨다고 뿌리를 남겨서야
齋中偶書示諸君及安道孫

네 사람이 김을 매는데
한 사람이 더디 매니,
솜씨 날랜 세 사람이
입을 모아 함께 탓하네.
솜씨 날래다지만 뿌리 남겨
귀찮게 다시 뽑아얄 테니,
더딘 솜씨로 한 번 매어
애초에 뿌릴 없앤 것만 못하구나.

四兵耘草一兵遲.　捷手三兵共詫伊.
捷者留根煩再拔,　不如遲者盡初時.

■
* 이 일은 『주자어류(朱子語類)』에 보인다.(원주)

꿈속에 궁궐 들어가
至月初八日夜記夢二絶

1.
꿈속에 궁궐 들어가 님을 가까이 뵙고
물러감을 허락해 줍시사 정성껏 빌었었네.
사연이 반도 못돼 나비 꿈에 놀라 깨니
달 지고 별 기울어 밤이 아주 깊었어라.

夢入天門近耿光.　血誠容許露衷腸.
團辭未半驚蝴蝶,　月落參橫夜正長.

용수사에서 글을 읽는 손자 안도에게

孫兒安道近往龍壽寺讀書因追憶先世爲子姪訓戒之詩所
以誨導期望者丁寧懇到反復誦繹不勝感涕拳拳之至不可
不使後生輩聞之謹用元韻寄示安道庶幾知家敎所自來以
自勉云爾先吏曹府君少時與叔父松齋府君讀書龍壽寺先
祖兵曹府君寄詩一絶云 :『節序駸駸歲暮天雪山深擁寺
門前念渠苦業寒窓下淸夢時時到榻邊』先第三兄第四兄
少時讀書龍壽寺先叔父松齋府君寄詩一律云 :『碧嶺圍
屛雪打樓佛幢深處可焚油三多足使三冬富一理當從一貫
求經術莫言靑紫具藏修須作立揚謀古來業白俱要早槐市
前頭歲月遒』今滉寄示安道詩二首

2.

소년 시절 이 절간을 글집 삼아서
몇 차례나 관솔불로 등잔 기름 대신했던가.
그날의 경계를 아직 안 잊고 가훈 삼았으니
이치의 근원을 지금껏 탐구하네.
늙은 내 마음을 너희들이 이어받아
충고하는 벗 사귀고 원대한 꾀를 꿈꾸거라.
눈 덮인 산 속 절문에 사람 없어 고요할 테니
한 치의 광음이라고 함께 아끼거라.

少年龍社擬書樓.　幾把松明代爇油.
家訓未忘當日戒,　理源仍昧至今求.
老情靳汝承遺澤,　忠告資朋尙遠謀.
門擁雪山人寂寂,　好將同惜寸陰遒.

잘못된 책을 불태웠다는 소식을 듣고
中和郡刊謬文字曾囑奇明彦焚毀今得其書已焚去之喜
次來韻

여러 선비들이 참된 도에 어두워서
글 잘못 풀어 구렁에 빠지는 것을 늘 한탄했었네.
수집하여 교정함은 자신을 밝힘이니
유전된 것 깎아 버리길 어찌 남에게 바라랴.
다행히 그대 만나 통쾌히 불태우고
티끌까지 씻었으니 끝없이 기뻐라.
촛불 켜고 함께 공부하는 건 그만두고라도
이제부터 헐뜯음 면한 게 기쁘기만 해라.

常恨諸儒昧道眞. 緣文曲說轉沈湮.
袞來校訂聊明己, 刻去流傳豈望人.
畀火得君施快手, 洗塵令我樂餘身.
未論秉燭功相補, 且喜從今免誚嗔.

■
* 원제목이 무척 길다. <중화군에서 간행된 그릇된 책을 일찍이 기대승
  에게 부탁하여 태워 버리라 하였는데, 이제 그의 편지를 받아보니 이
  미 태워 버렸다고 한다. 그래서 기뻐하며 그가 보내온 시를 차운하였
  다.>

역동서원이 이루어졌기에
書院成名以易東一絶見意

<주역>이 동으로 갔다고 전하가 감탄하더니[1]
우리나라 정씨의 <역전>은 공에게서 시작되었네.[2]
주자·소자의 일을 따라 이 서원에 이름 붙였으니
하늘 마음이 백일 가운데 밝게 나타나리라.

邈邈田門嘆易東.　吾東程易昉吾公.
更攀朱邵名茲院,　要見天心皦日中.

■
1. 정관(丁寬)이 전하(田何)에게 『역경』을 배웠는데, 정관이 동으로 돌아
   갈 때에 전하가 "『주역』이 동으로 갔다"고 감탄하였다.
2. 정이(程頤)의 『역전(易傳)』이 처음 우리나라에 들어오자, 우탁(禹倬)이
   가장 먼저 연구하였다. 역동서원은 우탁의 위패를 모신 서원이다.

말세의 학문들은
病中偶記前日無字韻和句錄呈存齋

말세의 학문들은 갈래가 어지럽지만
뜻 높은 선비는 현혹되지 않는다네.
예전엔 미치광이가 성인 된다고 들었더니
이젠 슬기로운 이도 어리석어지네.
아득한 주회암은 태산 교악 같으시고
넘실넘실 육상산은 홍수가 넘쳤어라.
중원의 그 형세가 우리나라 이르렀으니
머리 돌려 부질없이 한숨만 짓는다오.

末學紛蹊徑, 高人眩有無.
舊聞狂作聖, 今見智歸愚.
邈邈朱山嶽, 滔滔陸海湖.
中原及東國, 回首謾嗟吁.

고향 서재에 작은 매화가 피었다기에
己巳正月聞溪堂小梅消息書懷二首

1.
시냇가 서재 작은 매화 가지에
섣달그믐 되기도 전에 꽃 가득 피었다니,
꽃향내 붙들어두고 내 갈 때를 기다리게.
봄추위를 입어서 일찍 시들지는 말게나.

聞說溪堂少梅樹,　臘前蓓蕾滿枝間.
留芳可待溪翁去,　莫被春寒早損顔.

2.
내 손으로 매화 심어 서재를 지켰더니
올해도 봄 맞아 뜨락 가득 향내 퍼지네.
주인은 서울 있으면서 멀리 생각만 하니
끝없이 맑은 시름 나도 모르게 쌓이네.

手種寒梅護一堂.　今年應發滿園香.
主人京洛遙相憶,　無限淸愁暗結腸.

서울에서 내가 매화에게
漢城寓舍盆梅贈答

매화 신선이 나와 함께 서늘하여
객창이 산뜻하고 꿈까지 향그러워라.
동으로 돌아갈 때 그대와 함께 못하니
서울 티끌 속에서 아름다움 간직해 다오.

頓荷梅仙伴我涼. 客窓蕭灑夢魂香.
東歸恨未攜君去, 京洛塵中好艶藏.

* 우리 시골 예안이 가장 북쪽에 있어, 육로로 조령을 거쳐 가면 '남행'
  이라 하고, 수로로 죽령력을 거쳐 가면 '동행'이라 한다. 이는 모두
  예안을 가리키는 말이다.(원주)

매화가 나에게
盆梅答

도산 신선께선 우리 매화들을 푸대접하신다니
공께서 돌아가신 뒤에야 하늘 향내를 피우리다.
바라건대 공께서 마주앉아 생각할 때엔
옥설같이 맑고 참된 마음 고이 간직해 주소서.

聞說陶仙我輩凉.　待公歸去發天香.
願公相對相思處,　玉雪淸眞共善藏.

도산 달밤에 매화를 읊어
陶山月夜詠梅六首

1.
산창에 기대 앉아 밤빛은 차가운데
매화 가지에 달이 올라 밝고도 둥글어라.
가느단 바람 다시 불어오지 않아도
저절로 맑은 향내 뜨락 가득 퍼지네.

獨倚山窓夜色寒. 梅梢月上正團團.
不須更喚微風至, 自有淸香滿院間.

3.
뜨락을 거닐자 달이 나를 따라오네.
매화꽃 둘레를 몇 번이나 돌았던가.
밤 깊도록 오래 앉아 일어나길 잊었더니
향내는 옷에 가득 그림자는 몸에 가득해라.

步屧中庭月趁人. 梅邊行遶幾回巡.
夜深坐久渾忘起, 香滿衣巾影滿身.

외집

탁청정 주인이 내게 편지를 보냈는데 강고에 임시
로 머물러 있다고 비웃는 내용이 있으므로 재미삼
아 절구 두 수를 지어 주다
濯淸主人寄余書有假寓江皐之嘲戲贈二絶

1.
월란암[1] 안에 병들어 있는 이 사람은
병을 피해 왔지 세속을 피해 온 게 아니라오.
주옹에게 비하다니 너무나 우스워라
안개를 달려와서 푸른 봄빛만 흔들어 버렸구려.[2]

月瀾庵裏病閒人.   避病元非避俗塵.
可笑錯將周子比,   馳烟空擺碧蘿春.

■
* 탁청정은 김유지가 예안에 세운 정자인데, 또한 그의 호이기도 하다.
** 남제(南齊) 시절에 주옹(周顒)이 세상을 피하여 북산에 은퇴해 있다가,
   조칙을 받아 벼슬길에 나아갔다. 그가 다시 북산으로 돌아오려고 하
   자 공치규(孔稚珪)가 그를 변덕스럽게 여겨, <북산이문(北山移文)>이란
   글을 지어 조롱하였다. 그 가운데 '강고'라는 말이 나오는데, '강가'와
   같은 말이다. 은사가 머무는 곳을 뜻한다.
1. 도산 천사(川沙) 남쪽 산허리에 있는데, 요즘은 월란정이라고 부른다.
2. <북산이문>에 있는 말인데, 원문의 '벽라'는 푸른 담쟁이덩굴이다.
   나는 주옹처럼 임시로 은퇴하여 머무는 것이 아닌데, 그대가 공연히
   공치규를 흉내내어 나를 놀렸다는 뜻이다.

2.
강고에서 임시로 머문다고 비웃지 마오.
나는 지금 병으로 한가로운 시간을 얻은 거라오.
탁청 그대는 그윽히 지내는 재미가 충분히 있겠지만
옆 사람이 물든 실에 울까봐[3] 그게 걱정이라오.

莫向江皐嘲假寓.　吾今因病得閒時.
濯淸儘有幽居味，　還恐傍人泣染絲.

■
3. 묵자(墨子)가 물든 실을 보고서, 다시는 원상태로 돌아올 수가 없다고
   슬퍼하였다.

조사경이 병 때문에 청량산으로 가자던 약속을 지키지 못하였기에, 금협지가 화답한 운으로 시를 지었다.
士敬以病未遂淸涼之約有作夾之所和韻

김돈서는 혼자 찾아올 수 없었던 것도 아니고, 조사경은 병들었다지만 힘들이면 찾아올 수도 있었는데, 모두 그렇게 하지 않았다. 조사경은 게다가 시 한 수도 없었으니, 더욱 마땅치 않다. 그래서 (내가 이 시에서) 그렇게 말한 것이다. 조사경은 이제라도 한 마디 말이 없어서는 안 될 것이며, 금협지의 시도 한 수는 너무 적으니, 또한 나중에 다시 요구하지 않을 수가 없다.

1.
옥 같은 천길 벼랑에 단풍이 울긋불긋하니
구름에 가려진 선경 구경이 자주 있는 게 아니라네.
그대의 결습이[1] 아직 조금은 남아 있어
낭원으로[2] 날아갈 수 없을까봐 그게 걱정이라네.[3]

■
* 사경은 조목(趙穆)의 자이고, 협지는 금응협의 자이며, 돈서는 김부륜의 자이다.
1. 불교용어로 인간 세상의 욕망과 번뇌를 가리키는 말인데, 여기서는 지나치게 좋아하는 취미나 습관을 가리키기도 한다.
2. 선경의 하나인데, 낭풍원(낭풍원)의 준말이다.
3. (원주) 위의 시는 김돈서를 희롱한 것이다.

玉立千崖間碧紅.　雲遮仙賞不多重.
恐君結習餘些子,　飛步無緣閬苑中.

2.
다행히도 서로들 연홍으로[4] 가지 않고
신선산을 함께 오르자고 굳게 약속하였네.
중간에 다른 길로 부용 주인을[5] 찾았으니
응당 벌주를 한 차례 권해야겠네.

幸未相隨入軟紅.　同攀仙嶽約重重.
有他中路芙蓉主,　擧白眞堪罰一中.

---

4. 번화한 도시를 가리키다.
5. 조목이 살고 있던 월천의 뒷산이 부용봉이다.
6. (원주) 위의 시는 조사경을 희롱한 것이다.

들못
野池

풀잎들 간들간들
물가에 둘려 자라는데,
작은 연못은 맑고도 넓어
모래 하나 없이 깨끗하구나.
구름이 날고 새가 지나가는 건
원래 서로가 맡은 일이지만,
이따금 제비 스쳐가며 물결 일으키는 게
다만 두려울 뿐이네.

露草夭夭繞碧坡.　小塘淸活淨無沙.
雲飛鳥過元相管,　只恐時時燕跋波

김유지의 탁청정에 걸라고 시를 지어 부치다
寄題金綏之濯淸亭二首

1.
산이 두르고 시냇물이 돌아가며 정자를 감쌌는데
정자의 주인은 쌀쌀한 서생이 아니시네.
팔백의 진수성찬을 종들 시켜 장만하시고[1]
천금의 아름다운 술은 비녀장 뽑아던지고[2] 마시네.
나무 깎는 기이한 꾀를[3] 남들은 모르니
버들잎 뚫는 오묘한 기술을[4] 그 누가 다투랴.
탁청정은 참으로 풍류가 있으니
대발과 매화 향내에도 맑은 운치가 넘치네.

山擁溪回抱一亭.　主人非是冷書生.
珍羞八百叱奴取,　美酒十千投轄傾.
斫樹奇謀人未識,　穿楊妙技客誰爭.
濯淸儘有風流在,　竹簟冰肌到骨淸.

■
1. 진(晉)나라 왕개(王愷)에게 팔백이라는 좋은 소가 있었는데, 왕제(王濟)
   가 천금의 돈을 걸고 내기를 하여 이기자마자 하인에게 그 염통을
   꺼내오게 하였다.
2. 한나라 말기에 진준(陳遵)이 손님 치르기를 좋아하였다. 술을 대접할
   때마다 손님을 오래 머물게 하려고, 손님이 타고 온 수레바퀴의 비녀
   장을 뽑아 우물에 던졌다고 한다.
3. 『사기』「손빈전(孫臏專)」에, "큰 나무를 깎아서 '방연(龐涓)이 이 나무
   아래에서 죽으라'고 썼다"라는 말이 있다. 어떤 일의 성공을 뜻하는
   말이다.

2.

허허, 이 세상에 하나의 초정이 있어
두릉의 시구를[5] 나는 평생 음미하였네.
심어 놓은 호수의 귤은 응당 자랄 테고
남겨 놓은 주머니의 돈도 마음대로 꺼내면 되지.
꿈속에선 늘 산골짝 벗과의 약속을 찾아 다녔고
자리에선 시골사람들 다툼을[6] 보게 되었지.
어찌하면 맑은 샘 옆에다 집을 짓고서
그대만이 맑은 경치를 독점치 못하게 할까.

堪笑乾坤一草亭.　　杜陵詩句我平生.
種來湖橘應成長,　　留得囊錢任倒傾.
夢裏每尋溪友約,　　席間行見野人爭.
何當結屋淸泉上,　　不使君家獨占淸.

■
4. 춘추시대에 양유기(養由基)가 일백 보 밖에서 활을 쏘아 버들잎을 뚫
   었다고 한다.
5. 두릉은 당나라 시인 두보를 가리키는 말인데, 그가 지은 시 <모춘제
   초옥(暮春題草屋)>에 '건곤일초정(乾坤一草亭)'이라는 구절이 있다.
6. 『회남자(淮南子)』에, "시골 늙은이와 어부들이 자리다툼을 한다"는 말
   이 있다.

율곡에게 지어 주다
贈李叔獻四首

1.
병으로 들어앉았노라고 봄을 보지 못하였는데
그대가 오니 가슴 트이고 정신까지도 맑아졌네.
이름 높은 사람 가운데 속 빈 사람이 없으니
몇 년 전에 몸 공경 다 못한 게 매우 부끄러워라.
좋은 곡식은 돌피가 익도록 내버려 두지 않으니
작은 먼지도 거울을 닦는데 해가 된다오.
실제보다 지나친 말은[1] 시에 쓰지 말고서
노력하고 공부하며 나날이 가까이 하세.

病我牢關不見春.　公來披豁醒心神.
已知名下無虛士,　堪愧年前闕敬身.
嘉穀莫容稊熟美,　纖塵猶害鏡磨新.
過情詩語須刪去,　努力工夫各日親.

<hr>

■
1. 율곡이 퇴계에 대하여 읊은 시 가운데, "냇물은 수사의 물결이 나누
　　어졌고, 봉우리는 무이산처럼　빼어났네.[溪分洙泗派,　峰秀武夷山]"라는
　　구절을 가리킨다. 수수와 사수는 산동성에 있는 강 이름인데, 공자가
　　이 언저리에서 제자들을 가르쳤다. 무이산은 복건성 숭안현에 있는
　　데, 주자가 이곳에 머물렀다.

4.
구름 속에 살고 있는 나의 집을 떠나서
바닷가 산길을 뚫으며 돌아가겠지.
어려움을 겪으면서 인내심도 기르고
여행길 다니면서 풍속도 배우시게.
뿌리가 튼튼하면 꽃이 빛날 테고
원류가 깊으면 물결이 저절로 일게 된다네.
그대여, 귀찮아 말고 이따금 편지를 보내
천리 밖의 게으른 나를 위로해 주시게.

別我雲中屋,　行穿海上山.
忍心艱險際,　諳俗旅遊間.
本厚華應曄,　源深水自瀾.
煩君時寄札,　千里慰慵閒.

산에서 나온 다음날 황중거에게 차운하여 답하다
出山明日次韻答黃仲擧二首

1.
병든 사람이 산에 들어갈 생각을 하고 보니
옆 사람에게 이유를 말해 주기가 어렵네.
절경에 숨겨진 구름은 몇 리나 서려 있나
높은 바위는 은하수를 받치고 천추에 서 있네.
요대는 깜짝할 사이에 귀신처럼 변하고
옥궐은[1] 황폐하여 학주처럼[2] 바뀌었네.
고요히 푸른 창을 향하여 『주역』의 이치를 살펴보니
평장한[3] 몸인데 다시 무엇을 구하겠나.
- 위의 시는 입산(入山)을 말하였다.

病人聊作入山謀.　難與傍人說所由.
絶境隱雲盤幾里,　高標擎漢立千秋.
瑤臺頃刻如神幻,　玉闕鴻荒類壑舟.
靜對碧窓看易理,　平章軀體更何求.
- 右入山

■
1. (원주) 요대는 눈을 말하고, 옥궐은 산성 성궐(城闕)의 옛터를 가리킨다.
2. 『장자』 「대종사(大宗師)」에 나오는 말인데, 세상일은 무엇이든지 변하게 마련이라는 뜻이다.
3. 백성을 공평하고 밝게 다스린다는 말이다.

2.
구름에 파묻힌 높은 산이 눈이라도 올 듯 침침해
산에 살던 병든 나그네 마음이 근심스러워라.
벼랑마다 얼어붙어 양의 뿔이 부러지겠고
온 방안이 너무나 추워 불상도 동상에 걸리겠네.
골법으론[4] 그래도 옥가루를[5] 먹으려나 했었는데
가마를 타고 숲속에서 나왔으니 도리어 부끄러워라.
옛친구가 다정한 시라도 보내주지 않았다면
외진 속에서 울적한 심사를 어째 풀었으랴.
- 위의 시는 출산(出山)을 말하였다.

崔崒雲埋雪意沈.　山居病客悄中心.
千崖凍合摧羚角,　一室寒侵瘃佛金.
骨法尙疑餐玉屑,　肩輿還愧出瓊林.
故人不有如蘭贈,　窮巷何緣寫鬱襟.
- 右出山

계재에서 정자중에게 부치다
溪齋寄鄭子中

초가집이 깊은 곳에 있어 개울물도 차가운데
백옥 같은 물굽이에 가을바람이 쓸쓸히 부네.
하루 종일 기다려도 그대는 아니 오고
푸른 구름만 저녁노을 띠고 높은 산에 둘러 있네.

茅齋深處石溪寒.　蕭瑟金風白玉灣.
盡日待君君不到,　碧雲銜照帶屛顔.

* 자중은 퇴계의 제자인 정유일(鄭惟一)의 자이다.

매화와 함께 시를 부치면서

前日靜存書末有嶺梅吐芬時寄一枝之語今年此間節物甚
異四月羣芳始盛而梅發與之同時人或以是爲梅恨是非眞
知梅者乃所處之地所遇之時然耳適答靜存書因寄梅片兼
此二絶亦不可不示左右願與靜存共惠瓊報庶幾爲梅兄解
嘲也

1.
매화꽃만 피면 너무 외로울까봐 하늘이 안타깝게 여겨
여러 꽃과 아울러 흰 꽃망울을 피웠네.
국향보다[1] 늦은지 빠른지 논하지 마오.
곧고 참된 마음은 세월을 다투지 않는다오.

梅花天惜太孤絶.　　且並群芳發素葩.
莫與國香論早晩,　　眞貞元不競年華.

■
* 원제목이 무척 길다. 〈전날 정존(이담)의 편지 끝에 "영(嶺)의 매화가
  향기를 토하면 한 가지 보내 주십시오"라는 말이 있었다. 올해 이곳
  에는 철따라 바뀌는 사물들이 이상해서 사월이 되어서야 모든 꽃들
  이 비로소 활짝 피었는데, 매화도 함께 피었다. 그것을 보고 "매화의
  한이다"라고 말하는 사람도 있지만, 이는 매화를 옳게 아는 자가 아
  니다. 처해진 장소와 만난 시기에 따라 그러한 것이다. 마침 정존의
  편지에 답하는 길에 매편(梅片)과 이 절구 두 수를 부친다. 아마 옆
  사람에게 보이지 않을 수 없을 테니, 정존과 함께 화답시를 지어 보
  내준다면 매형이 비웃음 당한 것에 해명이 될 것이다.〉
1. 난초를 국향이라고도 불렀다.

2.
남북이 서로 빠르고 늦지 않았더라면[2]
처음과 나중이 어찌 달랐으랴.
멀리 옥 같은 사람에게 꺾어 보내면서 그리워한다던
회암의 시구가[3] 깊은 정을 표현하였네.

不將南北分先後.　肯把初終有異同.
折寄遙憐人似玉,　晦庵詩句表深衷.

■
2. 강서성 대유령(大庾嶺)에 피는 매화는 남북간의 기후 차이가 커서, 남
　쪽 매화가 질 무렵에 북쪽 매화가 핀다고 한다.
3. 회암은 주자의 호인데, 바로 앞 구절이 주자가 지은 시 <차유수야설
　후시(次劉秀野雪後詩)>에 있는 말이다.

신해년 이른 봄에

辛亥早春趙秀才士敬訪余於退溪語及具上舍景瑞金秀才
秀卿所和權景受六十絶幷景瑞五律余懇欲見之士敬歸卽
寄示因次韻遣懷

1.
두세 집이 모여서 마을을 이루었으니
해 뜨면 아침이요 해 지면 저녁이라네.
적막한 산 속이라고 비웃지 마오
그래도 사람들은 태평스럽게 산다오.

三三兩兩屋成村. 日出爲朝日入昏.
莫笑山中牢落甚, 人烟猶帶太平痕.

2.
추운 골짜기라 봄이 와도 따뜻하지 않아
문 닫고 베개 베고 원기를 보호하네.
오늘 아침 기쁘게도 그대가 찾아왔기에
옛책을 펼쳐 보며 함께 이야기하네.

寒谷春回尚未暄.　閉門欹枕護眞元.
今朝喜見君來訪,　繙閱遺編得共論.

5.
번화하면 뜻이 쉬 지침을 늙어서야 깨달았으니
담박한 게 참 즐거움인 줄 알게 되었네.
중도에서 이리저리 정신없이 헤매었으니
스스로 몸 거두어 일찍 돌아오지 못한 게 가엾어라.

老覺繁華意易闌.　須知淡泊是眞歡.
可憐中道倀倀甚,　不自收身及早還.

6.
외람되게 은혜 입어 벼슬길에 나섰지만
이제는 본분 따라 궁한 곳으로 돌아왔네.
무엇이든 남에게 미치지 못하면서
뜻만 크게 옛사람을 따르려고 하였네.

濫恩當日偶將通.　隨分如今得返窮.
自笑於人都不逮,　嘐嘐援古欲追蹤.

28.
무산을 향하여 운우의[1] 괴로움을 겪었다니
예부터 그 물건이 사람의 혼을 현혹했다네.
거친 두목을[2] 왜 굳이 사모하나
부군주[3] 한 병을 마련해 두어야겠네.[4]

頗向巫山惱雨雲.　從來此物眩人魂.
麤才杜牧何須慕,　合置浮君酒一樽.

■
1. 송옥(宋玉)이 지은 <고당부서(高唐賦序)>에 나오는 이야기이다. 초나라
   양왕(襄王)이 고당에 놀러 갔다가 피곤해서 낮잠을 잤는데, 꿈속에 무
   산의 선녀가 나타나 정을 통하였다. 선녀가 말하길 아침에는 구름이
   되었다가 저녁에는 비가 된다고 하였는데, 양왕이 아침에 보니 과연
   구름이 떠 있었다. 이 뒤부터 남녀의 관계를 운우(雲雨)라고 표현하였
   다.
2. 당나라 때의 시인인데 성격이 소탈하고 삼가지 않았다.
3. 벌주를 가리킨다.
4. (원주) 두 사람의 시 가운데 권경수가 관심을 가진 여인이 있음을 말
   하였으므로, 이 시부터 세 절구에서 말하였다. (그러나 실제로는 문집에
   두 절구만 실려 있다.)

29.
예부터 사욕에 빠지는 게 사람의 마음인데
나 또한 지난 일 생각하면 끝없이 부끄러워라.
늙어가며 이제는 그러한 꿈도 없어졌으니
언제쯤 우산에 숲이[5] 우거지려나.

由來陷溺是人心.   我亦追前愧莫任.
老去只今無此夢,   牛山何日秀穹林.

---

5. 우산은 제나라 서울 부근에 있는데, 처음에는 나무가 많았으나 하도
   베어내어 민둥산이 되었다. 사람의 착한 본성도 욕망에 시달리면 잘
   못된다는 뜻이다. 『맹자』「고자(告子)」 상에 나오는 이야기이다.

금문원의 심경 절구에 차운하다
心經絶句次琴聞遠韻

1.
시속 글에[1] 허물어지는 인재들이 너무나 한탄스러우니
『심경』의 일원 이치를[2] 그 누가 탐구했던가.
금생이 새롭게 터득함 있어
올바른 경학의 이치 문을 찾으니 참으로 기뻐라.

人才堪嘆壞時文. 誰向遺經討一源.
絶喜琴生新有得, 指南經理爲求門.

2.
청량산에 나의 글 새겨준 게 오래도록 부끄러워라.
그대가 머물면서 영원을[3] 헤아리게 했네.
언제쯤 나도 또한 참으로 은퇴하여
골짜기의 달과 바위의 바람을 문 닫고 즐기게 되려나.[4]

久愧淸凉勒我文. 容君棲息度靈源.
何時我亦成眞隱, 壑月岩風靜鎖門.

■
1. 명예를 추구하는 학문이다.
2. 도의 진리를 가리킨다.
3. 영묘한 근원, 즉 마음을 뜻하는 말이다.
4. (원주) 한번 서울에 온 뒤로 (고향집에) 2년이나 돌아가지 못했는데, 금
   문원이 나를 계당(溪堂)으로 찾아왔다가 계당 벽에 써놓은 시의 운과
   내가 옛날에 승천 스님에게 지어준 절구에 화답하여 보내 주었다.

3.
서울에 오래 있는 게 어찌 나의 뜻이랴.
꿈속에선 언제나 돌아갈 생각뿐일세.
쓰러져 가는 집에서 기다리게 하다니,
산 속에 두고 간 편지를 읽기가 부끄러워라.

濡滯京城豈我圖.　夢魂長繞去歸途.
半殘溪屋空延佇,　慙愧山中尺素書.

4.
스님의 두루마리에 내 시가 씌어 있다지만
그 옛날 스님을 만날 해가 기억나지 않네.
그대가 화답한 시를 나그네 길에서 받고 보니
옥호천에[5] 함께 가기라도 한 듯 황홀하여라.

山僧卷裏吾詩句.　舊日逢僧不記年.
久客蒙君追和寄,　怳如同訪玉壺天.

■　이 시를 읽어보자 야릇한 감회가 일어났다. 그래서 차운하여 부친다.
　　가정(嘉靖) 계축년(1553) 섣달그믐 며칠 전에 계옹(溪翁)은 쓰다.
5. 별세계, 즉 선경(仙境)을 뜻한다.

조사경을 생각하며
懷士敬

이 사람이 약속한 날에 오지 않으니
아마도 당나귀가 없어서 그랬겠지.
그대를 사랑하면서도 가난한 살림을 돕지 못하니
난초의 향기를 저버리기라도 한 듯 부끄러워라.

若人期不來,　應坐無驢僕.
愛君莫資窮,　愧負心蘭馥.

* 사경은 퇴계의 제자인 월천(月川) 조목(趙穆, 1524~1606)의 자이다. 15
세부터 퇴계에게 배웠으며, 여러 차례 벼슬을 받았지만 거의 부임하
지 않고 학문에 힘썼다. 『퇴계집』을 편찬하고 서원을 세우는 데 정성
을 기울였다.

정원의 매화

庭梅二絶

1.
정원 앞에다 내가 심은 작은 매화가
올해에야 처음으로 한 가지 꽃을 피웠네.
성긴 꽃망울은 봄철을 다투지 않는데
복사꽃과 오얏꽃은 어찌 매화를 시기하나.

手種庭前小小梅.　今年初見一枝開.
疎英不鬪芳菲節,　桃李何須與作猜.

2.
얼음을 깎고 옥을 다듬은 세한의 몸가짐으로
저물어가는 봄날에 활짝 피었네.
본래 하늘 향기에는[1] 늦고 빠름이 없었으니
다른 곳에 옮겨 심었다 해서 변하지는 않으리라.

剪冰裁玉歲寒姿.　開向靑春欲暮時.
自是天香無早晩,　不應因地有遷移.

<hr>

1. 최고의 향기라는 뜻인데, 여기서는 물론 매화를 가리킨다.

조사경에게 부치다
寄趙士敬三首

1.
먼 길 걸어서 구슬 같은 시를 보내 왔기에
세 차례나 읊고 덮어 두었다가 다시 펼쳤네.
그 가운데 함께 즐길 사람이 없어
처마 앞을 향해 웃으며 매화를 보네.

踏破瓊瑤詩使來. 長吟三復掩還開.
箇中有趣無人共, 起向簷前笑索梅.

2.
선달 산 속이 눈과 얼음으로 환한데
문을 닫고 홀로 앉아 그대를 생각하네.
글 속에 맛이 있어 마치 물과 같으니
내 입게 꼭 맞는데 어찌 고깃국을 찾으랴.

歲暮山中氷雪明. 閉門孤坐憶君情.
書中有味如玄酒, 悅口何須大鼎烹.

조사경이 부용봉을 읊은 여러 시에 차운하다
次韻士敬芙蓉峯諸作

1.
구름 덮인 산의 즐거움이 어찌 다함 있으랴.
북 치고 종 치는 것과는 상관없다네.
그윽이 사는 사람이 초가집을 짓겠다니
속된 선비로선 지름길을 따르기도 어렵겠네.

樂在雲山詎有窮.　非關擊鼓與撞鐘.
幽人準擬營茅棟,　俗士應難躡徑蹤.

2.
그 누가 태화산의 옥부용을 가져다가
신선봉의 빼어난 모습으로 만들었던가.
구름 사이에다 푸른 연못으로 만들어 놓고
조촐하면서도 꼿꼿한 연꽃을 구경하였으면 좋겠네.

誰將太華玉芙蓉.　化作仙峯峭秀容.
好向雲間開碧沼,　坐看花友淨通中.

4.
평생토록 칠조개를[1] 사모하였건만
누구 탓에 벼슬길로 잘못 나갔던가.
늦게나마 산 속에서 함께할 벗을 얻었으니
풍류를 즐기려는 게지 술만은 아니라네.

平生爲慕漆雕開.　誤落塵埃誰所催.
晚得山中同社友,　風流非爲事罇杯.

6.
물가에선 언제나 물새를 즐겨 구경했는데
산 속에 살면서부터 산을 너무 좋아하네.
사람의 버릇이 참으로 이러하니
조정과 시장으로[2] 쏠리는 마음을 어찌 논하랴.

近水常耽玩水禽.　居山偏愛對山岑.
爲人性癖誠如許,　朝市何論逐逐心.

■
1. 공자의 제자인데, 공자가 벼슬하라고 권해도 공부를 더 하겠다면서
　사양하였다.
2. 명예와 이익을 다투는 곳이다.

7.
산에선 대지팡이 짚고 물에선 거룻배를 타며
아름다운 계절을 헛되이 보내진 않으리라.
나도 내년에는 고깃배를 마련하여
달밤에 바람처럼 오가고 싶어라.[3]

山追竹杖水烟篷.　不使佳期竟墮空.
我亦明年辦漁艇,　飄然來往月明中.

■

3. (원주) 조사경이 권경수와 부용봉에 놀러 가기로 한 약속을 여러 번
   어겼었는데 드디어 함께 놀게 되었으므로, 다시 강 어구에서 모이기
   로 했다고 한다. 나도 천연대에서 작은 배를 마련하기로 하고, 이미
   계상(溪上)의 벗들과 더불어 내년 봄에 만나자 약속하였다.

유이득이 그린 두 마리의 소 그림에 쓰다
題柳而得畵二牛圖

코 꿰어 사람을 따라 수레 끌고 멀리 가는 게
마음대로 누워서 자는 것보다 나으랴.
가련쿠나. 사정을 알아챈 양천자가
모산의 도은거를 불러들이지 못하였다네.[1]

穿鼻隨人遠服車.　何如天放臥眠餘.
可憐解事梁天子,　不致茅山陶隱居.

---

1. 양나라 무제(武帝)가 신선술에 뛰어난 도홍경(陶弘景)을 존경하여 여러
   차례 불렀지만, 그는 모산에 은거하면서 나오지 않았다. 그가 물가에
   놓여져 풀을 먹는 소와 황금 굴레를 쓰고 수레를 끄는 소를 그려서
   보냈더니, 이를 본 무제가 도홍경의 마음을 알아채고 단념하였다.

한사형과 남시보의 시에 차운하여 답하다
次韻答士炯時甫

입장을 굳게 세우고 변하지만 않는다면
허를 빌어 실을 비유한대도[1] 잘못은 없겠지만,
그대는 아직도 정·주의 경지에 못 이르렀으니
이단을 알려다가 잘못될까봐 걱정이라네.

立脚能堅不轉機.　借虛喩實未爲非.
恐君未到程朱域,　欲攻異端終誤歸.

■

* (원주) 나는 남시보가 학문을 논하면서 장자의 말을 자주 인용하여 증
  거로 삼는 것을 본 적이 있었다. 이번에 온 편지에서는 "노자와 장자
  의 말이라도 이치에 맞는 말에 대해서는 정자와 주자도 꺼리지 않았
  습니다"라고 하였으므로, 끝 구절에서 언급하였다.
** 시보는 남언경의 자인데, 퇴계의 문인이다. 서경덕에게 배우고 양명
  학을 연구한 뒤에, 퇴계를 비판하다가 탄핵당하고 벼슬에서 물러났
  다.
1. 허(虛)는 노자와 장자의 말을 가리키고, 실(實)은 유가의 가르침을 뜻
   한다.

계장에서 백강이 찾아온 것을 기뻐하다
溪莊喜伯强見訪四首

1.
손님이 와도 우산이 없고 대청마저 없어
비 내린 뜨락이 신에 흙 묻게 하니 부끄러워라.
등잔불 벽에 걸고 마주앉아 이야기하다 보니
알지도 못하는 사이 겨울밤이 벌써 깊었네.

客來無傘又無廳.　堪愧靴泥蹋雨庭.
半壁寒燈聯榻話,　不知冬夜已深更.

2.
산이 깊고 외진 곳이라 수레 행차도 적은데
고맙게도 네가 병든 사람을 찾아 주었구나.
슬픔과 기쁨 모이고 흩어짐을 말해서 무엇하랴.
막걸리에 닭 잡고 보니 이야기 속이 더욱 참되네.

境僻山深少鞅輪.　感君來訪病陳人.
悲歡聚散那堪說,　白酒黃雞意更眞.

■
* (원주) (백강의) 이름은 이면도(李勉道)인데, 풍기에 사는 선생의 집안사
람이다.

3.
죽계서원에 글 읽는 소리가 크게 들리니
나라에서 덕을 떨치는 일이 많은 줄을 알겠네.
그들이 경학에 밝아져 벼슬 얻기를[1] 꾀한다면
인재를 육성한[2] 뜻이 얼마나 흐뭇하랴.

竹溪書院盛絃歌.　知是朝家振德多.
若把明經圖拾芥,　菁莪長育意如何.

■
1. 원문의 습개(拾芥)는 지푸라기를 줍듯이 쉽다는 뜻이다. 『한서』「하후
   승전(夏侯勝傳)」에, "선비가 경학에 밝으면 벼슬 얻기는 지푸라기를 줍
   는 것과 같다"고 하였다.
2. 『시경』에 「청청자아(菁菁者莪)」라는 시가 있는데, 인재 육성을 노래한
   시이다.

별집

退溪 李滉

의령공의 삼우대
吳宜寧公三友臺

나이 들면서 몸겨누워 나가지 않으니
푸른 이끼가 문 귀퉁이 위에까지 끼었네.
수레나 말이 이 집을 시끄럽게 하지 않으니[1]
애오라지 조용한 사람의 무리가 되었네.
가운데 뜨락에 작은 누대를 지었으니
내가 스스로 허무한 것을[2] 벗하기 위해서라네.
아득하고 고요한 십오일 밤에
밝은 달빛만이 외로운 마음을 달래어 주네.
환하게 바다에서 나와
바람을 맞으며 옥술병을 뜨으라 재촉하는구나.
있는 듯 없는 듯 내 곁에 있어
쳐다보나 내려다보나 나와 함께 한다네.
나까지 아울러 세 사람이 되었으니
이 좋은 시간을 정말로 지내버릴 수가 없네.

■

* (원주) "잔을 들어 밝은 달을 맞고, 그림자를 마주하니 세 사람이 되
었네.[舉杯邀明月, 對影成三人]"이라는 뜻을 따다가 이렇게 이름하였다.
  위의 구절은 이백의 시 <월하독작(月下獨酌)> 세 수 가운데 첫째 시
에 나온다.
1. 도연명의 시 <음주(飲酒)> 이십 수 가운데 셋째 수에 "사람 사는 경
계에 띠집을 지었지만, 수레와 말의 시끄러운 소리가 없네"라는 구절
이 있다.
2. 마음에 사념이 없어 다른 생각을 하지 않고 몸과 마음을 자연에 내
맡긴 상태이다.

술잔을 들자 완연히 서로 마주대한 듯해서
때에 맞추어 즐거움을 누린다네.
내가 마시면 달이 권하고
내가 취하면 그림자가 부축하네.
인간 세상과 푸른 하늘의 달이
있는 정을 저마다 다 쏟아 놓았네.
취하여 노래하며 또 손을 내저어 춤을 추니
누가 너이고 누가 나인가.
길이길이 막역한 벗으로 맺어졌으니
말은 없어도 도는 이미 꼭 같다네.
봄꽃은 푸른 대나무에 비치고
가을 이슬은 오동나무 높은 가지에 떨어지는데,
여기서 때마다 서로 만났으니
참다운 즐거움이 어찌 다를 수 있으랴.
세상 사람들은 제멋대로 벼슬하려고 쫓아다니며
내가 벗을 잘못 사귄다고 의심까지 한다네.
인간 세상에 귀양 온 선인 이태백이 없었더라면
내가 한 말 모두가 거짓이라겠지.

長年臥不出,　綠苔上門隅.
旣無車馬喧,　聊爲靜者徒.
中庭作小臺,　我友自虛無.

遙遙三五夜，　皎皎慰情孤.
粲然出海來，　臨風催玉壺.
灝然在吾傍，　俛仰與之俱.
併我作三人，　佳期良不渝.
舉酒宛相對，　及時行樂娛.
我飲月爲勸，　我醉影爲扶.
人間與碧落，　有情各盡輸.
酣歌且揮手，　孰爲彼與吾.
永結莫逆友，　無言道已符.
春花映靑竹，　秋露滴高梧.
茲焉輒相邀，　眞樂豈異趨.
世人恣徵逐，　疑我取友迂.
不有謫仙人，　我言幾成誣.

곤양에서 관포 어득강 선생이 지은 동주서원 열여섯 수의 절구에 차운하다
昆陽次魚灌圃得江東州道院十六絶

어 선생이 일찍이 흥해군수를 지내면서 동주서원 시를 열여섯 수의 절구로 지은 적이 있는데, 이에 화답한 시들도 모두 훌륭하였다. 나는 곤양에서 선생을 뵈었는데, 선생이 이 시들을 보여주시면서 나더러 화답하라 하시기에 감히 사양할 수가 없었다. 그러나 이른바 동주서원에 대해서는 어 선생과 여러 어른들이 이미 상세하게 지은 것이 있고, 또 지금 선생이 곤양으로 부임해 오셨는데 이 곤양 땅이 한적하고 외지기로는 흥해보다 못하지 않으니, 도원의 이름을 곤양땅에다 옮겨 놓는다고 해서 안될 것도 없지 않겠는가. 그러나 선생께서 (내가 이렇게 생각하고 지은 시들을) 어떻게 생각하실는지 자세히 알 수가 없다.

■
* 곤양은 경산남도 사천군에 속해 있던 옛 고을의 이름이다. 관포는 어득장(1470~1550)의 호인데, 중종 때에 대사간에 이르렀다. 뒤에 벼슬을 버리고 진주로 돌아가 전원생활을 즐겼다. 동주도원은 어득강이 흥해군수로 있을 때에 세웠으며, 그의 문집으로는 『동주집』이 남아있다.

11.
풍운이[1] 좋지 않아 밝으신 임금께서 외로운데
비와 이슬을 홀로 받아 늙은 신하는 편안하네.
만사에 무심하기가 남곽자기[2] 같으니
일생 동안 힘쓴 게 한음노인의[3] 일이라네.

風雲不是孤明主, 雨露偏承佚老臣.
萬事無心南郭子, 一生用力漢陰人.

■
1. 용이 비바람을 얻어 하늘에 올라가는 것처럼 영웅이 때를 만나 세상
   에 나오는 것을 뜻한다. 지금은 정세가 좋지 않아 인재들이 조정에
   나오지 못하므로 임금이 외롭게 된 것이다.
2. 『장자』「제물론」에, "남곽자기가 자리에 기대앉아서 하늘을 우러러
   한숨을 짓고 있는데, 정신 나간 모습이 자기 자신조차 잊고 있는 것
   같았다"고 하였다.
3. (자공이) 한음을 지날 때에 한 노인이 채소밭에서 채소를 심고 있는
   것을 보았다. 그는 땅을 파고 우물로 들어가 항아리에 물을 퍼가지고
   나와 (밭에다) 물을 주었는데, 끙끙대며 힘은 많이 들였지만 공은 적었
   다. 자공이 (그것을 보고) "여기에 기계가 있는데… 노인께서는 왜 쓰
   시지 않습니까?" 하고 물었다. 그러자 밭을 돌보던 노인이 얼굴빛을
   바꾸고 웃으며 말하였다. "기계를 가진 자는 반드시 기계를 쓸 일이
   있게 되고, 기계를 쓸 일이 있는 자는 반드시 교묘한 생각을 하게 된
   다. 가슴 속에 교묘한 생각을 가지고 있으면 순백한 천성이 갖추어지
   지 않게 되고, 순백한 천성이 갖추어지지 않게 되면 심신이 불안정하
   게 된다. 심신이 불안정한 사람에게는 도가 깃들지 않게 된다."
   - 『장자』「천지」

12.
지리산의 아름다운 경치를 몇 날이나 읊었으며
곡강의⁴ 청풍명월을 얼마나 꿈속에서 그렸던가.
흉년 들어 백성들 기르고 어루만지느라 마음이 응당 근심
스러우리
묻지 말게나, 고과 성적 독촉하는 게 마땅한지 아닌지를.⁵

智異烟霞吟幾日,　曲江風月夢多時.
荒年撫字心應悴,　莫問催科宜未宜.

13.
고을 아전들이 오지 않으니 마을의 삽살개도 조용하고
아이들이 착하니 들꿩도 즐겁게 날아다니네.
서울에도 친구들이 얼마 남아 있건만
그들에게선 편지도 거의 오지 않네.

里胥不到村尨靜,　童子能仁野雉飛.
京輦故人多少在,　任他書信到來稀.

■
4. (원주) 곡강은 홍해에 있다.
5. 근무 성적을 보고할 때에 양성이 스스로 자기 등급을 매기면서 말하
　였다. "백성을 부양하고 사랑하는 것만 걱정하느라고 세금 징수의 고
　과 성적이 보잘 것 없어, 하(下)의 하(下)를 매긴다." - 한유『창려집』
　9권『순종실록』4
　원문의 무자(撫字)는 부양하고 사랑한다는 뜻이다.

15.
노량과 삼포에선 농어와 방어가 값이 싸
북쪽 손님이 남쪽으로 오면 날마다 삶아 먹는다네.
태수가 나가 놀면 즐거운 일이 많아[6]
지금 있는 곳이 옛 오랑캐의 땅이라는 것도 모른다네.[7]

露梁三浦賤鱸魴,　北客南烹逐日嘗.
太守遨牀多樂事,　不知身在古蠻鄕.

6. 「성도기(成都記)」에, "태수가 나가 놀면 아름다운 여인들이 나무 평상
　에서 구경하는데, 그것을 오상(遨牀)이라 한다" 하였다.
7. (원주) 노량과 삼포는 모두 (곤양)군의 바닷가 땅에 있다.

곤양에서 어관포 선생을 모시고 까치섬에 노닐다. 이날 밀물과 썰물에 대해서 논하다
昆陽陪魚灌圃遊鵲島是日論潮汐

까치섬은 손바닥처럼 평탄하고
금오산은 멀리 술병을 대하고 있는 듯해라.[1]
아침 내내 그 깊이를 헤아릴 수가 없으니
예로부터 이치란 근원 캐기가 힘들구나.
들이쉬고 내쉬니 땅은 입이 되고
드나들다 보니 산은 문이 되었다네.
예부터 지금까지 얼마나 많은 설이 있었으며
정곡을 찌른 것은 과연 누구의 말이었던가.

■
* 필사본 「유작도시서(遊鵲島詩序)」에 이런 글이 있다. 까치섬은 곤양군의 남쪽 십 리 되는 곳에 있는데, 섬 남쪽의 두 산이 문처럼 마주보고 서 있다. 밀물이 이곳으로 들어오면 섬 둘레 8, 9리에 물이 모여 바다가 되며, 빠져나가면 뭍이 된다. 이날 어부가 그물을 치고 그곳에서 기다리고 있었다. 이날 선생은 사인 정세호, 생원 이익, 생원 강공저 및 나와 함께 배를 타고 상류에서 중류로 놀러가 그물을 쳐놓은 곳까지 이르렀다. 닻을 내리고 그곳을 살펴보니 어부가 드나들고 큰 고기가 뛰놀며, 가히 즐겁기만 하였다. 썰물 때에 배를 버리지 않고 섬에 올랐다. 오후가 지나서야 지난번에 배를 띄워 놓은 곳으로 왔는데, 모두 평지가 되었다. 갯벌은 흐릿했으며 발과 그물이 은밀하게 가려져 있었다. 이에 밀물과 썰물의 이치를 논하며 회를 먹고 술잔을 돌리다가, 저녁이 되어서야 (술자리를) 끝냈다. - 『요존록(要存錄)』

鵲島平如掌,　鰲山遠對尊.
終朝深莫測,　自古理難原.
呼吸地爲口,　往來山作門.
古今多少說,　破的竟誰言.

■

1. 금오산은 곤양군 서쪽 이십 리 되는 곳에 있는데, 병요산(瓶要山)이라
　고도 부른다. -『동국여지승람』
　두보의 「낙유원가(樂遊園歌)」에서 "술잔 잡고 진천을 대하니 손바닥처
　럼 평평해라.[秦川對酒平如掌]"라는 구절을 생각하고 지은 것이다.

꿈 속에서 지은 시에 보태어 짓다
足夢中作

임인년(1542) 2월 20일 밤 꿈속에 예안의 산수 사이에서 노닐었다. 마지막에는 지금 사는 곳으로부터 재 하나를 넘어 한 마을에 이르게 되었는데, 산후촌이라고 하였다. 인가의 울타리는 조촐하고도 깨끗하였으며, 닭과 개가 짖는 소리도 한가로웠다. 둑으로 쌓은 못에는 물이 가득했으며, 새로 심어진 모는 반짝이며 두둑에 가득하였다. 마을을 지나 들어가니 산이 돌아나갔고 물도 또한 돌아들었는데, 계곡이 그윽하였으며 골짜기는 깊고도 고요하였다. 하늘에는 해가 빛나고 초목도 파랗게 빛났으며, 복숭아·살구·두견화의 무리가 곳곳에 흐드러지게 피어 있었다. 마지막에는 계곡의 시내로 들어가 마음 내키는 대로 더듬고 찾아보다가 "늦은 봄 산 속에 별의별 꽃들이 다 피었네"라는 한 구절을 읊었는데, 꿈속이지만 너무도 또렷하고 스스로 깨달았다. 막 그 다음을 이으려는데 갑자기 하품을 하고 기지개를 켜면서 잠이 깨었다. 그때 둥둥하면서 오경을 알리는 북소리가 들렸다. 나는 그곳이 어떤 지경인지, 어떤 조짐인지를 알지 못하였다.[1] 이에 보태어 절구 한 수를 이루어 두 형님께 부친다.

■
1. 선생이 나중에 자하오(紫霞塢)를 보게 되자, 꿈속의 광경과 참으로 같다고 기뻐하면서 수석정을 지으셨다. 그래서 춘당 오수영이 선생의 제문을 지으면서 이렇게 말하였다. "하명동 입구를 꿈속에서 먼저 돌아본 적이 있어 하명오(霞明塢) 시를 얻게 되었다." -『요존록』

하명동에는[2] 애초부터 길이 없는데
늦은 봄 산 속에 별의별 꽃들이 다 피었네.
우연히 갔다가 참으로 기이한 경지를 찾게 되었으니
남은 여생 그곳에 돌아가 신선의 집 짓고 살리라.

霞明洞裏初無路, 春晚山中別有花.
偶去眞成搜異境, 餘齡還欲寄仙家.

2. 하명동은 자하봉 밑에 있다.

형님이 진휼경차관의 임무를 띠고 선산에 와서 성묘를 한다고 들었지만

家兄以賑恤敬差往本道聞寒食來家山澆奠滉拘官在京無計助參因思去年秋滉以京畿災傷御史行到朔寧等處値九日作詩三首錄寄仁遠仁遠和詩來京適値寒食吟詩念事情感倍劇旣以詩答仁遠復次元韻奉呈家兄

하늘이 우리 임금님을 경계하시어 덕이 날로 오르자
내와 골짜기까지 근심을 나누어 주시어[1] 언제나 전전긍긍하네.
봄날 천리 길을 나서신 형님을 생각해보니
지난 가을에 겹겹 산 속을 돌아다니던 내가 생각나네.
죽 차려 놓고도 아무렇게나 부르다간[2] 참선비를 구하기 어렵고
찬 곳의 소나무같이 괴로움을 이겨내기는 중보다도 못하나네.
차가운 안개 이는 철이라 비와 바람이 몰아치는데
고개 돌려 하늘 끝을 바라보느라 자고 깨는 것조차 서로 잊었다네.

天戒吾君德日昇.　分憂溝壑每心兢.
念兄春月行千里,　憶我秋山度百層.
設粥嗟來難救士,　飡松耐苦不如僧.
冷烟時節風和雨,　回首天涯忘寢興.

■

* 원제목이 무척 길다. <형님이 진휼경차관의 임무를 띠고 본도로 오게
되었다. 한식날 집안의 선산에 와서 성묘를 한다고 들었지만, 나는
벼슬에 얽매여 서울에 있으므로 참석하여 도울 수가 없었다. 그래서
지난 해 가을에 내가 경기도의 재해를 살피는 어사로 삭녕 등지에
갔었던 일을 생각하였다. 그때 구일을 맞아 시 세 수를 지어 인원에
게 보냈는데, 인원이 화답한 시를 서울로 보내왔다. 마침 한식을 맞
게 되었으므로 시를 읊어 그 일을 생각하였는데, 정감이 몇 갑절이나
더하였다. 이미 시를 지어 인원에게 화답하였으므로, 다시 원운을 빌
려 삼가 형님에게도 드린다.>

1. 다른 사람의 걱정을 나누어 가진다는 뜻인데, 여기서는 한 고을을
맡아 다스리는 일을 가리킨다.

2. 제나라에 큰 흉년이 들자 검오가 길에다 밥을 지어 놓고, 굶주린 자
가 오기를 기다려 먹이고 있었다. 마침 어떤 굶주린 자가 소매로 얼
굴을 가리고 발을 절면서 비틀거리며 오고 있었다. 검오가 왼손에 밥
을 들고 오른손에는 마실 것을 들고서, "자, 와서 먹어라" 하였다. 그
러자 그가 눈을 치켜뜨고 검오를 보며 말하였다. "나는 '자, 와서 먹
어라' 하고 주는 음식을 먹지 않기 때문에 이 지경이 되었다오" 검오
가 곧바로 사과하였지만, 그는 끝내 먹지 않고 죽었다. - 『예기』「단
궁(檀弓)」하

전의현 남쪽을 가다가 산골에서 굶주린 사람들을 만나다
全義縣南行山谷人居遇飢民

집은 새고 옷은 때에 절은 데다 얼굴엔 검버섯마저 피었는데
관가의 곡식이 잇따라 떨어지니 들에는 푸성귀마저 드물어라.
사방 산에는 꽃들만 비단처럼 곱게 피었으니
봄 귀신이야 사람들 굶주리는 것을 제 어찌 알랴.

屋穿衣垢面深梨.　官粟隨空野菜稀.
獨有四山花似錦,　東君那得識人飢.

■
* (원주) 충청도의 흉년을 구제하고 탐관오리를 적발하는 어사가 되었을
  때에 지었다.

병으로 눕고 더위에 지쳐 금호자 임형수를 그리
워하다가 책상 위에서 오산록을 집어 들어 읽고
는 그 뒤에 쓰다
臥病困暑有懷錦湖子林亨秀案上取鰲山錄讀之書其後

병들어 시들해지자 찌는 더위가 더욱 괴로워
좋은 술 세 사발도 근심만 더할 뿐이네.
책상머리에 좋은 시편이 있어 내 벗이 되니
자리에 누워 그대 생각할수록 정말 좋은 친구일세.
상쾌한 음률은 골짜기가 피리 되어 읊조리는 듯하고
씩씩한 기개는 북녘 바다 대붕이 물결 까불며 걸터앉은
듯해라.
뒷날 그대 시집에 이 말들까지 엮어 넣지는 말게나.
함께 전해져 만사람 입에 오르내릴까 걱정된다네.

抱病支離困鬱蒸.　瓊漿三椀只愁增.
牀頭伴我有佳什,　座上憶君眞好朋.
韻爽似聞吟壑籟,　氣雄如跨簸溟鵬.
他時此語休編入,　却怕同傳萬口騰.

남경림이 원접사의 종사관이 되어 서쪽으로 가게 되었으므로 지어 주다
贈南景霖遠接從事西行

3.
문장이 본래 도보다 존귀한 것이 아니니
빨리 짓고 기이하기를 다투는 것은 더욱 논할 게 못 되네.
황제의 위광¹ 알리려면 작은 재주는 그만 두게나.
아름다운 나무 길러 각궁편² 읊으면 그만이지 어찌 많이 말하랴

---

1. 중국 사신이 올 때마다 우리나라에서는 문장에 뛰어난 신하들을 뽑아 그들을 상대하는 원접사와 종사관으로 임명하였는데, 이들 사이에 주고 받은 시들을 모은 시집의 이름이 바로 『황화집(皇華集)』이다.
2. 소공이 그에게 향연을 베풀자 (노나라의) 계무자(季武子)가 (시경에 있는) <면(綿)>의 마지막 장을 노래 불렀고, 한선자(韓宣子)가 <각궁(角弓)>의 마지막 장을 노래 불렀다. … (줄임) … 향연이 끝나고 나자 계무자의 집에서 주연을 베풀었다. (계무자의 집에는) 무성하게 아름다운 나무가 있었는데, 한선자가 그 나무를 보고 칭찬하였다. 그러자 계무자가 말하기를, "숙이 이 나무를 잘 길러서 <각궁> 시를 (읊어주신 고마움을) 잊지 않도록 하겠습니다"라고 하였다. - 『좌전』 소송(昭公) 2년조.
   <각궁>은 『시경』 소아(小雅)에 실려 있는 시인데, 임금이 간사한 무리들의 헐뜯는 말을 믿어 종족들이 서로 원망하는 것을 풍자하는 내용을 담고 있는 노래이다.

文章於道本非尊.　鬪捷爭奇更不論.
爲報皇華停伎倆,　角弓嘉樹豈多言.

청심루에 묵다
宿淸心樓

사미승이 치는 종소리에 온 산이 어두워지는데
강가 성곽에서는 북과 호각소리가 돌아오는 배를 맞는구나.
바라보이는 촛불 그림자는 별처럼 흩어지는데
청심루 높은 곳에 창문이 열려 있구나.
고을 사또가 술자리를 마련해 나그네 시름을 달래주는데
피리 소리는 원망을 품고 서리가 가을 하늘을 날아가네.
술에 취해 사람들 흩어지고 강 위로 달이 오르자
꿈속에서 흰 학을 타고 봉래산에 노니네.

沙彌撞鐘一山暮.　江城鼓角迎歸櫓.
望中燭影撒如星.　淸心樓高啓窓戶.
使君置酒慰客愁,　笛聲憤怨霜飛秋.
酒闌人散江月出,　夢騎白鶴遊蓬丘.

■
* 청심루는 여주 객관 북쪽에 있다.
** (원주) 가을에 임금님의 부름을 받고 달려가며 (지었다)

꿈을 적다
記夢

아무도 없는 창은 적적하고 밤은 물처럼 흘러
잠들자 꿈속에서 천만리를 달려가네.
초와 월을 두루 보고 아미산까지 올랐다가[1]
강과 바다에 돛단배를 띄워 은하수까지 다달았네.
하늘나라 궁궐은 공중에 솟아 있어
옥황상제 높은 집이 오색구름 속에 있구나.
아득히 날아가던 신선이 맑고 부드러운 얼굴로
나를 맞아 권하며 신선의 술을 따라 주었건만,
아래 세계 속된 인연에 미련이 남아
갑자기 아래로 떨어지니 몸이 움찔거렸네.
아침 되며 시장바닥 소리에 귓가가 시끄러워지니
하늘나라를 다시 보고 싶지만 어디서 얻을 수 있으랴.

虛窓寂寂夜如水.　一枕夢中千萬里.
流觀楚越窮岷峨.　掣帆江海連天河.
淸都館闕空中起.　玉皇高居五雲裏.
飛仙縹緲顔婥約.　邀我共勸流霞酌.
下界塵緣一念餘.　忽然下墮形蘧蘧.
朝來市聲鏖耳側.　更憶淸都那易得.

■
1. 초와 월은 양자강 남쪽에 있는 지방이다. 원문의 민아(岷峨)는 민산의
　 북쪽 줄기인데, 아미산을 민아산이라고도 한다.

양생론
養生絶句次古人韻示景霖

내가 요즘 운서가 없어서 다른 사람에게 빌려다 보았는데, 그 책자 겉장 속에 "내 일찍이 들었네 걱정은 정신을 손상시키고 / 오직 청허함만이 몸을 보양할 수 있다는 말을 / 어찌 얻을 수 있으랴 이 마음이 오래된 우물처럼 / 고요히 물결도 없고 먼지도 없이 되기를"라는 절구 한 수가 적혀 있었다. 그 옆에는 <양생론을 읽고 느끼다[讀養生論有感]>라는 제목이 붙어 있었고, 또 그 책을 찍은 연월이 기록되어 있었는데 "홍치 14년[1] 7월 아무날"이라고 하였다. 글자의 모습이 힘 있고도 아름다워 조맹부를 배운 것 같았고, 말의 뜻이 얽매이지 않아 속세를 벗어나 있었다. 어떤 사람인지 알 수는 없지만 내 가슴 속의 일을 먼저 이야기했던 셈이다. 병중이라 글도 읽지 못하고 가슴 속의 시름을 풀 길이 없었기에, 날마다 그 말을 음미하였다. 그러다가 마침내 늙어가는 나의 탄식과 섭생의 뜻을 서술하여 일곱 수를[2] 얻었으므로 받들어 올린다.

1.
어지러운 세상 일이 정신만 괴롭혀
도를 배워도 이룬 게 없으니 이 몸을 어찌하랴.
내 본래 할 일을 병중이라서 잊어버린 것 같으니
책상 위의 책들은 먼지만 쌓여 있네.

紛紛世事只勞神.　學道無成柰此身.
匹似病中忘素業,　任他書籍滿牀塵.

2.

백낙천의 노래가 끝나도 정신만 상하여[3]
사십칠 세 나이에 병들어 있다네.
기다란 끈으로 불로장생의 약을 낚아 올릴 수만 있다면[4]
바다에 먼지 이는 것을 누군들 보지 못하랴.[5]

樂天歌罷一傷神.　四十七年嬰病身.
大藥長繩如可試,　何人不見海生塵.

■
* 원제목은 <양생 절구. 옛사람의 운을 빌려 경림에게 보이다>이다.
1. 홍치(弘治)는 명나라 효종의 연호인데, 1488년부터 1505년까지이다. 홍치14년은 1501년이니, 우리나라로 치면 연산군 7년이다.
2. 『퇴계집』 별집에는 다섯 수만이 전한다.
3. 백낙천의 「호가행(浩歌行)」은 『백낙천시집』 권12 감상(感傷) 4에 실려 있다. 이 시에서 "이제는 기다란 끈으로 흰 해를 매어둘 수도 없고, 불로장생의 선약으로 발그레한 얼굴을 잡아둘 수도 없네"라고 하였다.
4. 대약(大藥)은 병을 없애는 진귀한 약인데, 도가의 금단(金丹)을 가리킨다. 장승(長繩)은 해를 매어둘 수 있는 기다란 끈인데, 시간을 잡아둔다는 뜻이다.
5. (원주) 나는 올해 사십칠 세이다. 백낙천의 「호가행」에 "어느덧 내 몸이 사십칠 세일세"라는 구절에서 말한 것과 같은 나이가 되었다.

3.
자연에서 정신 수양하는 것을 잘 알면서도
조정과 시장의 인연 따라 이내 몸을 맡겨 두었네.
병으로 눕고 추위를 겁내며 문 굳게 닫았더니
고요하게 비고 흰 방에는 먼지도 없구나.[6]

極知林下可頤神.　朝市隨緣寄此身.
臥病怯寒深閉戶,　湛然虛白室無塵.

4.
음산한 바람 차가운 비에 정신이 더욱 처량해져
낡은 솜이불 겹쳐 덮어도 몸이 따뜻해지지 않네.
아침 햇볕이 아름다운 집을 새롭게 비치길 기다려
종이창 밝은 곳에 떠도는 먼지를 바라보네.

陰風寒雨覺悽神.　舊絮重披未熨身.
待得朝陽新艷屋,　紙窗明處看遊塵.

■
6. 『장자』「인간세(人間世)」에 "저 텅 빈 것을 보니 빈 방이 흰 것을 낳
　았는데, 상서로움이 그곳에 모인다"라고 하였으며, 주에 "깊은 방 가
　운데 틈이 생기기만 하면 빈 곳에 반드시 빛이 들어온다"라고 하였
　다.

선조의 묘에 술을 뿌려 제사지내며

高曾墓澆奠去乙亥年中叔父爲府使來奠今三十有五年矣
墓在安東北

1.
당시에는 큰 고을 사또가 되어 상석에 술 뿌려 올리셨는
데
삼십 년이 한순간에 바삐 지났네.
군수 되어 이곳에 와보니 백 리도 되지 않아
마음 아파하며 다시 이르러 거칠어진 묘를 손질하네.

當時大府進澆牀.　三十年來一瞬忙.
得郡我來無百里,　傷心重到掃烟荒.

2.
깊은 솔숲과 무성한 잣나무가 모진 풍상을 겪었는데
죽음과 삶을 생각해보니 스스로 슬픈 마음이 일어나네.
친척들 모아 한 차례 기뻐하며 실컷 술을 마시지만
내일 아침 세상 일이 또 아득해라.

■
* 원제목이 길다. <고조와 증조의 묘에 술을 뿌려 제사 지내다. 지난
  을해년에 숙부께서 (안동) 부사가 되어 오셔서 제사지내셨으니 이제
  삼십오 년이 되었다. 묘는 안동 북쪽에 있다.>
  을해년은 1515년이니 퇴계가 15세 때이다. 이 시를 지은 때는 퇴계
  가 풍기 군수로 있던 기유년(1549)이니 49세 되던 해이다.

深松茂柏閱風霜. 存歿尋思自感傷.
合族一歡須強飲, 明朝世事又茫茫.

한가롭게 지내며

閒居次趙士敬穆具景瑞鳳齡金舜擧八元權景受大器
相唱酬韻

1.
흰 머리에 정신력이 강해지긴 어렵지만
여러 책을 찾아보며 남모르게 바라네.
나아갈 때와 물러갈 때에 동학들 비웃음 살 수도 있으니
일생 동안 얻고 싶은 것은 주저 없이 은퇴함일세.

白頭精力雖難强, 黃卷窺尋竊有希.
趨舍肯嫌同學笑, 一生要得不迷歸.

2.
고요한 가운데 만물이 봄을 맞아 비록 흔쾌하지만
누가 증자의 즐거움과 안회의 어짐을 다할 수 있으랴.
서로 갈고 닦아줄 스승과 벗이 없어 한스러우니
무리 벗어나 혼자 산다면 사람이 꼭 막히기 쉽다네.[1]

靜裏雖欣物共春. 誰爲點樂與顔仁.
恨無師友相磨切, 離索從來易滯人.

---

1. (원주) 주자의 편지에 "무리를 벗어나 혼자 공부하면 사람을 둔하게
   하고 막히기 쉬우니 매우 두려워해야 한다"고 하였다.

3.
사물 연구하고 마음을 간직하니 이치가 저절로 통하여
눈앞에 맑고 깨끗한 바람 불지 않는 땅이 없다네.
실천이 참으로 어려운 일인 것을 비로소 알았으니
어려운 곳에서 어려움이 없으면 거의 통달한 것일세.

格物存心理自融.　眼前無地不光風.
始知實踐眞難事,　難處無難庶漸通.

10.
조화옹이 만든 꽃 가운데 십 일 동안 붉은 게 없고
화려하게 피는 꽃 가운데 열매 많은 게 없다네.
요즘 사람들은 화려한 문장을 앞 다투어 따르지만
뿌리와 근원이 다 없어지면 어디에 쓰이랴.

造化都無十日花.　花能繁者實無多.
今人競尙文華美,　沒盡根原奈用何.

11.
문장은 의리와 운취를 버리고 새로움만 다투는데다
경전의 해설을 이어받는 것도 왜곡되고 또 진부해라.
눈은 헛된 꽃에 현혹되고 마음은 안개에 가려 어지러우니
가련케도 과거 시험이 시속 사람들을 그르쳤구나.

文遺理趣但爭新.　經說相沿曲且陳.
眼眩空花心眩霧,　可憐科目誤時人.

12.
과거 시험장에서 노닐며 오랫동안 머리 파묻었다가
몸 돌려 되돌아오자 도는 더욱 아득해졌네.
먼지에 묻힌 책을 잡고서 늘그막에 찾아보려 하자
병들어 공력도 없고 수심만 늘어나네.

我遊場屋久埋頭.　及轉身來道更悠.
欲把塵編求晩境,　病無工力只增愁.

임대수가 찾아와 시에 대하여 논함을 기뻐하다
喜林大樹見訪論詩

겨울이 섣달그믐을 재촉하자
급해진 해가 달리듯 서쪽으로 떨어지네.
시름겨운 사람은 궁벽한 골목에 누워
적막하게 깊은 병을 앓고 있었네.
예부터 오던 사람도 찾아오지 않기에
문 앞에 새 잡는 그물을 쳐 두었는데,
어찌 알았으랴 쓸쓸한 문짝을 두드리며
갑자기 장자께서 왕림하실 줄이야.
베개를 밀치고 일어나 웃으며 맞이하여
담장 그늘에 쌓인 눈을 마주하고 앉았네.
안부가 다른 데에 미칠 틈도 없이
병 이야기가 제일 먼저였네.
비록 옛날과 달리 여위었지만
건강은 옛날과 크게 다르지 않다네.
발그레한 얼굴은 백 년 그대로인데
흰 머리가 천 길이나 새로 보였네.
가슴을 펼치고 그의 말을 듣자니
원기왕성한데다 얼마나 넓은지,
시를 배워 두보와 이백을 따르고

■
* (원주) 황진사 댁에서 여덟 수의 절구를 지었던 까닭은 본래 임공이
  나에게 함께 짓자고 권했기 때문이다.

도를 배워 장자와 열자를 사모한다네.
왕왕 훌륭한 글귀를 읊기도 하고
뒤흔들어 조물주를 괴롭게도 한다네.
장대한 기운은 우주조차 좁은데다
여섯 마리의 큰 자라도 손으로 끌 수 있겠네.
천둥 번개가 괴이한 빛을 돕고
귀신도 두려워 정신이 멍하네.
평생 늙고 시들어가는 것을 슬퍼하였으니
기름이 송곳 끝에 타들어가는 것처럼 여겼다네.
뜻은 죽음의 굴레에서 벗어나
무궁의 뜰로 들어가는 것이니,
구천(九天) 밖으로 아득히 돌아다니면
떠다니는 즐거움 끝이 없다네.
나의 시는 호탕함만 숭상할 뿐이지
어찌 교묘하게 깎고 다듬으랴.
나의 행동도 큰 도리만 행할 뿐이지
작은 절개엔 구애받지 않는다네.
말의 기세가 너무나 격앙되어
은하수가 혀에서 쏟아지는 것 같았네.
나는 처음에 놀라서 탄식하다가
중간에 자못 의심스러워 이렇게 물었네.
스스로 시성이 아니라면

시의 법도를 어찌 버릴 수 있으랴.
어찌 들을 수 있으랴, 크게 현명한 사람은
법도를 쓰지 않고도 시가 정밀해진다는 말을.
그대는 어찌 조금도 고개를 숙이지 않는가
손질을 더해 다듬고 법도에 맞추어 보려고.
비유하자면 커다란 종을 치는데
한 치의 가느다란 대로 어찌 소리를 내겠나.
장자는 듣지도 않는 것 같아
생각과 모습이 더욱 세상을 뛰어 넘었네.
진준은 주잠을[1] 듣고 으스대었지만
장송도 또한 자신을 잃지는 않았었네.
이야기가 제멋대로 들쑥날쑥해

■

1. 장송은 박학하고 검소하여 자신의 직분을 잘 지켰지만, 진준은 방종
하고 아무 데도 얽매이지 않는 사람이었다. 양웅이 주잠을 지어 '술
을 좋아하는 사람은 법도를 지키기 어려운 사람이다'고 훈계하자, 진
준이 기뻐하며 장송에게 으스대며 말하였다. 경서를 암송하며 자신을
철저하게 단속하는 그대보다 세간에 부침하는 자신의 벼슬이나 공명
이 더 높다는 것이다. 그러자 장송이 이렇게 말하였다. '사람은 각기
타고난 본성이 있어 장점과 단점이 자연히 갖추어져 있다. 그대가 나
를 닮으려 해도 안 되지만, 내가 또한 그대를 본받으려 해도 안 된
다. 그런데 나를 배우기는 쉽지만 그대를 배우기는 어려우니, 이것이
나의 떳떳한 도리이다' 이 이야기는 『한서(漢書)』 「유협전(游俠傳)」에
실려 있다.

자잘한 칭찬은 마음에 두지 않았으니,
마땅히 알겠네, 마음이 넓은 이 선비가
아첨하는 말 따위는 기뻐하지 않는다는 것을.
여지껏 걱정과 번뇌만 쌓아왔지만
오늘 저녁에 통쾌하게 씻어버렸네.
훌륭한 목수도 손가락에 피날 때가 있으니
교묘한 솜씨로 서투름을 가릴 수는 없네.
황진사 댁에서 글 솜씨를 발휘하면서
주제넘게도 스스로 지어보라고 용납하였네.
감히 즐겨 따르지 않으려다가
아름답게 여덟 수를 지어 올렸네.

玄冬逼歲除, 急景馳西沒.
愁人臥窮巷, 寂寞抱沈疾.
舊來人不來, 門前雀羅設.
寧知打寒扉, 忽枉長者轍.
推枕起迎笑, 坐對墻陰雪.
寒暄未及他, 說病乃第一.
雖云異肥瘦, 不大殊健劣.
百年舊朱顔, 千丈新素髮.
開懷聽其言, 矍鑠何恢豁.
學詩追甫白, 學道慕莊列.

往往誦傑句，掀簸困造物。
壯氣隘宇宙，六鼇可手掣。
雷電助狂怪，鬼神懾怳惚。
平生悲老汩，膏火錐刀末。
意欲奪天斲，去入無窮闥。
汗漫九垓外，浮游樂未畢。
吾詩尙豪宕，何用巧剞劂。
吾行蹈大方，不必拘小節。
詞氣甚激昂，河漢瀉煩舌。
我初驚且嘆，中頗疑以詰。
自非聖於詩，法度安可輟。
寧聞大賢人，不用規矩密。
曷不少低頭，加工鍊與律。
比如撞洪鐘，寸莛豈能發。
長者若不聞，意象更超越。
陳遵詫酒箴，張竦亦未失。
談論縱參差，許與略瑣屑。
當知曠士懷，坦坦非誐悅。
向來積憂煩，今夕痛湔祓。
大匠遇血指，不以工掩拙。
發揮黃家堂，容我妄自述。
敢不樂從之，斐然呈八絶。

한윤명이 내 글씨를 구하기에

韓士炯胤明往天磨山讀書留一帖求拙跡偶書所感
寄贈

1.

예전에 배운 것은 다 잊어버리고 새로 배운 것은 희미한
데
태평한 세상 녹봉에 미련을 두어 아직도 돌아가지 못하였
네.
벗님이 또한 구름 덮인 산으로 간다고 하니
누구와 더불어 낡은 책을 펴놓고 옳고 그름을 이야기할까.

舊學渾忘新學微.　淸時戀祿未成歸.
故人又向雲山去,　誰與塵編講是非.

3.

서화담 늙은이는 이제 학이 되어 세상을 떠났으니
부지런히 학문을 닦던 흔적이 모두 묵은 자취가 되었네.
누가 그를 위하여 화담원을 만들어
마음속의 회포를 전한다 해도 그 몇 사람이나 되려나[1]

■
* 원제목이 길다. <한유명(자 : 사형)이 천마산에 들어가 독서하면서 내
　못난 글씨를 서첩을 하나 지니겠다기에 우연히 느낀 바를 써서 주
　다>
1. (원주) 위의 시는 처사 서화담(서경덕)의 옛집을 노래한 것이다.

徐老今爲鶴背身. 藏修遺迹摠成陳.
何人爲築花潭院, 心緒相傳更幾人.

4.
젊어서 학문할 때엔 길이 매우 헛갈렸는데
늙어가며 길은 알지만 뜻과 힘이 떨어지네.
마음에 의지하고 겉모습에 기대지 않으면
때때로 일상생활에 의기양양해 보이겠지.[2]

少年爲學苦迷方. 向老知方志力荒.
却賴靈源非外鑠, 時於日用見洋洋.

5.
백 세 동안 스승으로 받들 분은 이연평이니
가을 달과 옥병의 얼음처럼 속까지 들여다보이네.
내게 남긴 책을 그대 통해 얻어 보니
지금까지 멍하게 취했던 정신이 황홀하게 깨어나네.[3]

■
2. (원주) 이 이하의 시들은 남시보를 위하여 지은 것들이다. 시보는 거
   듭 환난을 만난 뒤에 이 산에서 요양하고 있다.
3. (원주) 위의 시는 이연평이 주자와 문답한 책에 대해 읊은 것인데,
   (이 책은) 본래 남시보가 간직하고 있었다.

師尊百世李延平.　秋月氷壺徹底淸.
自我遺編憑子得,　從前昏醉怳如醒.

7.
쇠퇴하는 학풍에 우뚝 선 이가 진백사이니[4]
이름이 남극성에 걸려 중국을 진동케 하였네.
어찌 우리 유가들을 중시하지 않았겠나마는
끝내 돌아가 다다른 곳은 서방 천축국의 사교였다네.[5]

屹立頹波陳白沙.　名懸南極動中華.
如何不重吾家計.　極處終歸西竺邪

<hr />

4. 진헌장(陳獻章, 1428~1500)은 명나라 학자인데 자는 공보(公甫)이다. 백
　사리에 살았으므로 그의 문인들이 백사선생이라고 불렀다. 그는 정
　(靜)을 위주로 가르쳤는데, 단정히 앉아서 마음을 깨끗이 함으로써 도
　를 깨우치는 선학(禪學)을 강조하였다. 저서로는 『백사집』과 『백사시
　교해(白沙詩敎解)』가 전한다.
5. (원주) 위의 시는 진백사의 시교에 대하여 읊은 것이다.

9.
왕양명의 사악한 학설이 크게 흘러넘치자
나공이[6] 힘써 막았지만 남모르는 걱정이 있었네.
그의 마음을 논한 것과 이기를 논한 것까지 읽어보니
사람으로 하여금 또 다른 걱정이 생기는 것을 깨닫게 하네.[7]

陽明邪說劇洪流, 力遏羅公有隱憂.
讀到論心兼理氣, 令人又覺別生愁.

■
6. 나흠순(羅欽順, 1465~1547)의 자는 윤승(允升)이고 호는 정암(整菴)인데, 이(理)는 하늘에서 얻어 마음에서 갖추어진다고 주장하여, 우주만물의 근본인 기(氣)와 합하여 이기를 한가지로 보았다. 당시에 성행하던 왕양명의 『전습록』과 양지설(良知說)에 대해 힘써 배격하였다. 저서로는 『곤지기(困知記)』가 전한다.
7. (원주) 위의 시는 『전습록』과 『곤지기』에 대하여 읊은 것이다. 나흠순은 『곤지기』에서 도심을 성(性)이라 하고 인심을 정(情)이라고 하였으며, 이기를 하나의 것[一物]이라고 하였다. 그가 왕양명의 학설을 비판한 것은 수긍하지만, 이처럼 잘못된 그의 견해가 널리 퍼지면 많은 학자들이 잘못된 곳으로 이르게 될까봐 퇴계가 걱정하였던 것이다.

남시보가 보내준 시를 받들어 답하다

奉酬南時甫彦經見寄

성인의 문하에서 달(達)은 말했지만 오(悟)는 말하지 않았으
니
공은 차곡차곡 쌓아서 오래된 가운데 있게 된다네.
이미 무위를 말한 것도 잘못된 일인데
어찌 스스로 선가의 공(空)에 대해 말하는가.

聖門言達不言悟,　功在循循積久中.
旣道無爲便脫誤,　如何自說落禪空.

속집

반궁
泮宮

반궁에서 예에 따라 또한 무엇을 하던가
날마다 공당에서 실컷 우스갯소리나 하네.
과거 공부는 생소해서 남의 문장을 고치는 데나 기대고
옛 책도 성글어서 웅얼거리는 소리에 부쳤네.[1]
많이들 심문하여 우스갯거리를 바치니
재주를 품은 이가 있다 한들 어찌 다 펼치랴.
지난 밤 꿈속에서 나비가 되었으니[2]
새벽 창가에서 이슬과 어울려 새 시를 지으리라.

泮宮隨例亦何爲.　日日公堂得飽嬉.
擧業生疎憑竄抹,　陳編寥落付唔咿.
多將問事供調笑,　豈有懷材可設施.
昨夜夢中蝴蝶意,　曉窓和露寫新詩.

1. 『퇴계집』난외주에 "오이(唔咿)는 책을 읽는 소리이다. 총명하지 못한 자는 더듬거리며 책을 읽는다. 그러므로 이러한 소리가 난다"라고 하였다. 성균관에서 함께 공부하던 자들을 놀리는 말이다.
2. 예전에 장주(莊周)가 꿈속에서 나비가 되었다. 훨훨 날아다니는 나비가 되어, 내가 나비라는 것도 깨닫지 못했다. 그러다가 문득 잠에서 깨고 보니, 나는 엄연히 나비였다. 도대체 장주가 꿈속에서 나비가 된 것일까? 아니면 나비가 꿈속에서 장주가 된 것일까? 장주와 나비 사이에는 반드시 분별이 있을 것이다. 이것을 일러서 문화(物化)라고 한다. ―『장자』「제물론(齊物論)」

해바라기
葵花

만물 가운데 어느 하난들 천지의 정기 아니랴만
한 덩이 정성을 오로지 얻은 네가 어여쁘구나.
요즘 잇달아 장맛비가 내려도 꺼리지 않고
오직 높은 곳만 향하여 뜻을 다해 기울었구나.

物物誰非天地精.　憐渠偏得一團誠.
莫嫌近日連陰雨，唯向高高盡意傾.

만취당의 시를 차운하다
次韻晚翠堂

성 안은 시끄럽고 번화해 선비 살 곳이 못 되어
발산 소나무 기슭에 동서를 차지했네.
바람이 정원을 호령하니 물결소리가 크게 들리고
잣나무가 서리 내린 걸 기뻐하니[1] 푸른빛도 흐릿해졌네.
집 안에서 경서 읽으니 묘당에서 음악 연주하는 소리 들
리는 듯 하고
오솔길 조용히 산책하니 도연명이 지팡이 끌고 거니는 듯
하네.
시냇가나 산 위나 모두 하늘이 주신 것이니
백 척도 한 치와 마찬가지라 어찌 거리끼랴.

城郭囂塵匪雅栖,　鉢山松麓占東西.
風號一院濤聲殷,　柏悅千霜翠色迷.
歌頌魯邦聞作廟,　盤桓陶徑見攜藜.
澗中山上皆天賦,　百尺何妨徑寸齊.

■
* (원주) 이승효의 호가 사겸당인데, 또는 만취당이라고도 하였다.
1. 『고증』 권8에 "『문선』에 '참으로 소나무는 무성하고 잣나무는 기뻐
　하네'라고 하였다"라고 하였다.

양지현 청감당에서 남경림의 운으로 짓다
陽智縣淸鑑堂南景霖韻

작은 물이 깊숙하게 굽이져 흘러드니
네모난 연못이 옥거울처럼 맑아라.
맑게 보태지면 원래 스스로 살아나
허심탄회하게 들으면 본디 소리가 없네.
길고 짧은 게 분명히 정해져 있지만
만물은 천만 번이나 바뀐다네.
청감당이라 이름 지은 오묘한 뜻을 알겠으니
옛일이 느껴져 더욱 마음 아파라.

小水之玄曲,　方塘玉鑑淸.
淨添元自活,　虛受本無聲.
明在丈尋定,　物來千萬更.
名堂知妙意,　感古益傷情.

■
* 양지현은 경기도 이천과 용인 안성 사이에 있던 작은 고을이다. 모재
　는 김안국(金安國, 1478~1543)의 호이다.
** (원주) 신축년(1541)이다. 청감당은 옛 재상 김모재(金慕齋) 선생이 이
　름 지었다. 청감당 뒤로 시냇물을 끌어다 연못에 대어, 유상곡수(流觴
　曲水)를 만들었다.

우연히 읊다

偶吟

예전 집도 비둘기 둥지처럼 옹색하더니
서울에서도 겨우 셋집에 머물러 사네.
시끄러운 곳을 피하면서도 손님은 좋아해.
병을 핑계로 벼슬을 그만두고 또한 책을 보네.
작은 섬돌에서는 아이가 대나무에 물을 주고
한가로운 동산에서는 계집종이 푸성귀를 뜯네.
봉지에서[1] 낮은 벼슬로 몸 숨긴다고[2] 일컫는 것이
어찌 고향으로 돌아가 밭 갈고 김매는 것 같으랴.

舊業鳩巢拙,　京師但賃居.
避喧猶喜客,　移病亦看書.
小砌兒澆竹,　閒園婢摘蔬.
鳳池稱吏隱,　何似返耕鋤.

■
1. 봉황지의 준말인데, 궁중에 있는 연못의 별칭이다. 중서성을 봉지라
   고도 불렀으며, 당나라나 송나라 때에는 시에서 흔히 재상의 뜻으로
   썼다.
2. 능력이 있으면서도 낮은 벼슬자리에 숨어, 남에게 알려지지 않는 사
   람을 뜻한다.

또 의고시에 화운하다
又和擬古

1.
내 마음은 어디쯤에 있나
바위꽃이 핀 곳에 열려 있네.
고향 뜨락이 좋지 않은 건 아니지만
봄빛에도 내 마음 오로지 싸늘하기만 해라.

我思在何許, 巖花開處開.
故園非不好, 春色摠心灰.

2.
내 마음은 어디쯤에 있나
바위 샘물이 우는 곳에서 우네.
고향 수풀이 좋지 않은 건 아니지만
차가운 여울 스스로 시름겨운 소리를 내네.

我思在何許, 巖泉鳴處鳴.
故林非不好, 寒瀨自愁聲.

3.
내 마음은 어디쯤에 있나
소나무 언덕에 가을달이 둥근 곳이지.
고향 시냇가에 밤 경치가 맑은데
해맑은 이슬빛이 애처롭기만 해라.

我思在何許, 松岡秋月圓.
故溪淸夜景, 怊悵露華鮮.

4.
내 마음은 어디쯤에 있나
종남산의 봄빛이 푸른 곳이지.
고향 산에 푸른 산기운이 쌓였는데
지팡이에 기대어 비틀거리며 바라보네.

我思在何許, 終南春色靑.
故山虛翠積, 倚杖望竛竮.

양벽정에서 조계임의 시를 차운하다
漾碧亭次趙季任韻

1.
정자를 높게 짓고 연못을 작게 만들어
자리에 앉아서도 물고기 떼를 셀 수 있네.
흉년 들었는데도 연뿌리는 다 없어지지[1] 않아서
두둥실 드물게 뜬 연잎에는 아직도 향이 남았어라.

高作亭闌小作塘.　座中猶可數魚行.
藕根不被年災盡,　稀葉田田尙帶香.

2.
가느다란 샘물이 흩날리는 눈처럼 연못에 뿌려지고
참대가 숲에 가리어 줄 지은 모습이 드러나지 않네.
물새는 관청일이 있는 것도 알지 못하고
오가면서 오래도록 흰 마름 향내를 도맡았네.

細泉飛雪灑橫塘.　苦竹依林未著行.
水鳥不知官事在,　往來長占白蘋香.

■
* 양벽정은 용인현 객관 동쪽에 있던 정자이다. 1497년에 현령 김우(金祐)가 지었다.
1. 『고증』 권8에 "진(晉)나라 양돈(羊敦)이 광평을 다스릴 때에 흉년이 들었는데 연뿌리를 뽑아서 먹었다"고 하였다.

사락정에 제하여 부치다
寄題四樂亭

안음현에 마을이 있는데, 이름을 영송이라고 하였다. 산과 물이 맑고도 아름다우며 땅이 기름져서, 전씨들이 대대로 살던 옛터가 있다. 시냇가에 정자를 지었는데, 자못 그윽하고도 뛰어났다. 장인 권공이 유배지로부터 돌아와 집안을 이끌고 남쪽으로 왔다가, 이 마을에 머물게 되었다. 이 정자를 보고는 기뻐하여, 아침에 갔다가는 저녁에도 돌아오기를 잊었다. 서울로 편지를 보내어 정자의 이름과 시를 지어 달라고 부탁하기에, 내가 뛰어난 경치를 익히 듣고 한번 가보려고 하였다. 그러나 가지 못한 자가 이제 십년이 되었다. 생각해 보면 시골에 살면서 즐길 수 있는 것이 한 가지가 아니다. 여러 사람과 더불어 즐길 수 있는 것을 찾고, 또한 혼자서도 즐길 수 있는 것을 찾아보니, 농사·누에치기·고기잡기·나무하기, 이 네 가지가 바로 그러하였다. 그래서 정자의 이름을 '사락(四樂)'이라 짓고, 시를 지어 잇는다.

1.
내 농삿집의 즐거움을 아니
봄에 밭 갈며 흙먼지를 일으키네.[1]
때맞추어 비가 온 뒤엔 새싹이 나고
늦서리 전에는 벼가 익는다네.

■
1. 『고증』 권8에 "운옥(韻玉)에 '땅을 갈아엎으니, 밭두덩에 흙먼지 이네.[耕破壟頭烟]'라고 하였다"라고 하였다.

옥 같은 낟알은 관청에 세금으로 내고
질그릇 동이는 잔치 벌리기에 알맞아라.
어찌 금인객이[2] 되어
걱정 근심 속에서 세월을 보내랴.
- 위는 농사를 읊었다.

我識田家樂,　春耕破土烟.
苗生時雨後,　禾熟晚霜前.
玉粒充官稅,　陶盆會俗筵.
何如金印客,　憂患送流年. - 右農

2.
내 누에치기의 즐거움을 아니
한 해 전부터 누에채반을 손질한다네.
누에씨 물에 씻는 철이 다가오면
잠 깨자마자 어린 뽕잎을 따러 달려가네.
온 집안이 따뜻해졌으니 이젠 기쁘고
빚도 다 갚았으니 걱정이 없네.
어찌 비단옷 입은 여인네 되어
아리땁게 차리고는 한가하게 시름만 하랴.
- 위는 누에치기를 읊었다.

我識蠶家樂,　年前曲簿修.
光陰催種浴,　眠起趁桑柔.
已喜全家煖,　無憂欠債酬.
何如紈綺子,　嬌艶妬閑愁. － 右桑

3.
내 고기잡이의 즐거움을 아니
강언덕 옆 사립문에 산다네.
새나 물고기의 성정에도 익숙하고
구름과 달, 맑은 물결과 함께 늙어간다네.
술을 받아 오면 시골 술도 맛있고
생선을 지지면 산골짜기 나물도 향그럽다네.
어찌 만전객이[3] 되어
솥을 뒤엎고[4] 화를 헤아리기 어렵게 살랴.
－ 위는 고기잡이를 읊었다.

■
2. 『고증』권8에 "한관의(漢官儀)에 '제후의 임금은 금인(金印)이다'라고
　하였다"라고 하였다.
3. 두보의 시 「음중팔선가(飮中八仙歌)」에 "좌상은 날마다 흥겨워 만전을
　쓰고, 큰고래가 백천(百川)을 마시는 것처럼 술을 마시네.[左相日興費萬
　錢, 飮如長鯨吸百川]"라고 하였다.
4. 속(餗)은 솥에 담은 물건인데, 재상의 맡은 일을 정속(鼎餗)이라고 한
　다. 그것을 뒤집어엎는다는 말은 재상이 그 소임을 감당하지 못한다
　는 뜻이다.

我識漁家樂,　柴門住岸傍.
禽魚慣情性,　雲月老滄浪.
喚酒村酤美,　烹鮮澗芼香.
何如萬錢客,　覆餗禍難量. - 右漁

4.
내 나무꾼의 즐거움을 아니
나면서부터 마을 깊숙이 산다네.
서로 부르며 구름 속으로 멀리 들어갔다가
한 짐 가득 지고서 저물녘에야 산에서 나온다네.
벗을 사랑하는 마음은 사슴과 같고
자기의 몸까지 잊어버리는 모습은 원숭이 같아라.
어찌 명리(名利)나 꿈꾸는 자가 되어
평지에서도 물결 뒤집히는 모습을 보랴.
- 위는 나무꾼을 읊었다.

我識樵人樂,　生居洞裏村.
相呼入雲遠,　高擔出山昏.
愛伴心同鹿,　忘形貌似猿.
何如名利子,　平地見波翻. - 右樵

삼월 병중에 뜻을 말하다
三月病中言志

날이 개자 비둘기가 지붕 귀퉁이에서 울며
나더러 새 사립문을 열라고 권하네.
지팡이를 짚고 서쪽 뜨락을 거니니
꽃과 나무들이 다투어 향내를 내네.
성안에는 봄 안개가 얽히고
누각에는 붉은 꽃 그림자가 비치네.
사물을 보면서 그윽한 회포를 달래니
내 사모하는 바가 어찌 부귀한 생활이랴.[1]
전원에 봄일이 시작되었으니
들판의 흥취가 이에서 무르익어라.
이제까지는 쓸모없이[2] 살면서
평소 언덕과 골짜기로 돌아갈 기약을 했었지
푸른 산언저리를 서글피 바라보면서
돌아가는 구름을… (원문 한 자 빠짐)… 눈으로 보내네.

---

* (원주) 회암(晦菴) 시의 운을 따랐다.
1. 경비(輕肥)는 경구비마(輕裘肥馬)의 준말이다. 가볍고 따뜻한 갖옷과 살
   찐 말은 부귀한 사람의 나들이 차림이다.
2. 저산(樗散)은 저력산목(樗櫟散木)의 준말이다. 쓸모없는 사람이나 무능
   한 사람을 가리키며, 자신을 낮추는 말로 많이 쓰였다.

晴鳩喚屋角,　　勸我開新扉.
策杖步西園,　　花木爭芬菲.
城中春霧籠,　　樓閣映丹暉.
覽物撫幽懷,　　所慕豈輕肥.
田園春事作,　　野興濃於玆.
向來樗散質,　　平生丘壑期.
悵望青山郭,　　目送缺雲歸.

절구

絶句

2.
뜨락의 풀은 거칠고 오동잎도 시들었는데
꽃씨를 받은 오늘은 몇 사람이나 옮겨 가나
우연히 베개 하나 가져오라 하여 머리 베고 누워서는
내 몸과 세상을 모두 잊고 장자처럼 나비꿈을 꾸네.

庭草荒涼梧葉衰.　種花今日幾人移.
偶呼一枕支頭臥,　身世渾忘蝶夢時.

3.
빈터에 연기가 아른아른하고 햇무리도 어른거리는데
뜨락에는 아무도 없이 참새만 혼자서 나네.
결국엔 어찌 한바탕 웃음을 감당할는지
아득하고 아득하구나, 천만고에 남을 일 모두 어그러졌으
니.

墟烟淡淡日暉暉.　庭院無人雀自飛.
畢竟何曾堪一笑,　悠悠千古摠成非.

4.
물가에는 해가 곱고 저녁연기 외로운데
눈빛 갈대꽃 사이로 멀리 오리들이 흩어져 나네.
원래 강마을에 즐거운 일이 많아서
생선 팔고 돌아가는 길에 술을 사 가네.

汀洲姸日晚烟孤.　雪色蘆花亂遠鳧.
自是江村多樂事,　販鮮回處酒能沽.

5.
바람 부는 창에 종이도 없어 추울까 걱정되는데
빈 대들보 거미줄에는 진흙 부스러기가[1] 오래되었네.
가시 덮인 오솔길에는 때때로 산쥐가 숨어들고
뜨락 소나무에는 밤마다 들까마귀가 깃을 치네.

風窓無紙惻凄凄.　蛛網空梁舊燕泥.
徑棘時時山鼠竄,　庭松夜夜野烏栖.

---

1. 제비가 둥지를 지을 때에 물이 나르다 떨어진 진흙 부스러기이다.
   제비둥지라는 뜻으로도 쓰인다.

152

6.
과거시험 보러 올라와 한강에 배를 대던 당년을 생각해보
니
내 한 몸이 그때부터 서울바닥에 떨어졌네.
이제 와 부질없이 남쪽으로 날아가는 기러기를 부러워하
니
가을이 가득한 강마을에서 회포가 많아라.

舟泊當年憶計偕.　一身從此落天街.
只今空羨南飛鴈,　秋滿江鄕有所懷.

규암의 시에 차운하다
次圭庵韻

1.
길을 달리함은 물과 불 같았지만
마음을 같이함은 난초의 향내 같았네.[1]
바라건대 세상을 벗어난 사람이 되어
마음속의 깊은 생각이 우주에 다하소서.

異趣如水火,　同心如蘭臭.
願得出世人,　襟期終宇宙

2.
내가 죽계의[2] 문 앞을 지나다가
짧은 시를 지어 좋아하는 뜻을 던졌네.
어찌 알랴 주인옹이
그대 위에 꽃길을 쓸어 놓은 것을.

我過竹溪門,　短章投所好.
寧知主人翁,　花徑爲公掃.

---

1. 『주역』에 "두 삶이 마음을 합하면 그 향이 난초와 같다"고 하였다.
2. 원래 죽계는 안처성(安處誠, 1477~1517)의 홍이다. 순흥 안씨가 죽계
   에 많이 살았는데, 안정도 죽계 안씨이기 때문에 그의 집을 죽계문이
   라고 했다.

3.
서로 바라보아도 스스로 떨어져 있어
도리어 산악이 가로놓인 것 같아라.
옥설 같은 모습을 앉아서 생각해 보니
더위와 더러움까지 다 씻을 듯해라.

相望自眙阻,　還如隔山嶽.
坐想玉雪標,　猶能洗炎濁.

4.
시를 지어 나를 오라고 부르니
은갈고리 같은 글씨가 채색 그림 같이 빛나네.
홀연히 만 구멍에서 울부짖는 소리 터져 나오더니
쏴아 하고 바람이 일어 찬 샘물이 솟아나오듯 느껴지네.

作詩招我來,　銀鉤耀彩景.
忽覺萬竅號,　蕭蕭風泉冷.

임사수가 서당에서 인상인을 데리고 와서 시권에다 시를 지어 달라고 청하니 세 수이다
士遂自書堂携印上人來請題詩卷三首

1.
십 년 동안 아득하게 잘못된 길을 달렸으니
고향 동산으로 한가하게 물러나 지팡이 짚고 거닐고파라.
산 속의 스님에겐 아무런 일도 없는지
또 풍진 세상을 향하여 시를 지어 달라고 부탁하네.

十載茫茫走路歧. 故園閒卻一筇枝.
山僧可是都無事, 又向風塵苦乞詩.

2.
꿈속의 혼이 밤마다 푸른 등덩굴에 얽혔는데
티끌세상 속에서는 예전 그대로 유발승일세.
학과 석장이[1] 어느 산에 머물 만한지
언젠가 그대와 함께 불상 앞에 등불을 같이 밝히리라.

■
1. 중국 서주에 있는 잠산이 아주 경치가 뛰어났는데, 그 가운데서도 산기슭이 가장 아름다웠다. 지공(誌公)과 백학도인(白鶴道人)이 그곳을 얻으려고, 양나라 무제(武帝)에게 아뢰어 '각기 자기의 물건으로 그 땅에다가 표시하는 자가 그곳을 얻게 해달라'고 청하였다. 곧 학이 먼저 날아가 산기슭에 장차 이르려고 했는데, 갑자기 공중에서 석장이 날아오는 소리가 들렸다. 지공의 석장이 드디어 산기슭에 우뚝 섰다. 그래서 각기 표시한 곳에다가 집을 지었다. 『고증』 권8.

夢魂夜夜繞蒼藤.　塵裏依然有髮僧.
鶴錫何山堪住著,　他時同汝一龕燈.

3.
크고도 높던 생각을 스스로 낮추고
오막집에 찾아와 가죽신을 벗 삼았네.
소매 속에 가득한 게 모두 무지개와 달이니[2]
천 산에 두루 다니며 밤에도 길을 잃지 않네.

落落高懷肯自低.　來尋蓬戶伴雲鞋.
爲憐滿袖皆虹月,　行遍千山夜不迷.

■
2. 『고증』권8에 홍월(紅月)은 "시권(詩卷)을 가리킨다"라고 하였다.

관음원에서 비를 피하다
觀音院避雨

주흘산[1] 머리에 구름은 넓고 아득한데
관음원 안에는 비가 주룩주룩 내리네.
새재가 거듭 가려 있는 게 안타깝기는 하지만
그대를 생각하는 한 치의 내 마음을 막을 수는 없네.

主屹山頭雲漠漠,　觀音院裏雨浪浪.
卻憐關嶺雖重蔽,　不隔思君一寸腸.

＊ 관음현은 문경현 거릅재 아래에 있던 역원(驛院)이다.
＊＊ (원주) 병오년(1546)이다.
1. 문경현 북쪽에 있는 진산이다.

사인거사 노인보가 찾아왔기에 앞의 운을 써서 짓다
四印居士盧仁父見訪用前韻

1.
봄 시냇가의 버드나무가 연푸른 가지를 희롱하는데
그대가 와서 흉금을 헤치니 천진함이 보이네.
숲속에 사는 재미를 그대는 묻지 말게나.
이제는 맑은 세상 시골에 묻힌 사람이라네.

楊柳春溪弄麯塵.　君來披豁見天眞.
林居意趣君休問,　自是淸時隴畝人.

2.
온자한 그대는 피리 불던 추연의[1] 음률 바람 같아
추운 골짜기를 봄처럼 따뜻하게 녹이겠네.
다시 듣자니 최문헌 공에 대해 칭송하는 이야길 하는데
우리 학문이 해주 땅에서 시작되었다고 감탄하네.[2]

■
* 노인보의 이름은 노경린(盧慶麟, 1516~1568)인데, 인보(仁父)는 자이며 호는 사인당(四印堂)이다. 성주 목사로 있을 때에 유학을 숭상하여 천곡서원을 세우고, 이이(李珥)를 사위로 맞았다.
1. 추연은 전국시대 제나라 사람이다. 연나라 혜왕 때에, 억울하게 참소를 당해 감옥에 갇히자, 여름에 서리가 내리고 북쪽 지방이 추워져 오곡이 나지 않았다. 추연이 피리를 불자 날씨가 따뜻해져, 벼와 기장이 자랐다.

醞藉君同鄒律風.　能令寒谷變春融.
更聞誦說崔文憲,　絶歎斯文昉海東.

3.
쓸쓸한 수풀 아래에 강절 선생의 술자리를 펼쳤으니
가난 귀신이 어찌 반드시 한퇴지를 떠나려고 하랴.
모든 일은 인간마다 분명히 달라지니
일생 가는 곳마다 내 삶을 관찰하리라.

寂寥林下邵杯盤.　窮鬼何須欲去韓.
萬事人間都信易,　一生隨處我生觀.

■

2. (원주) 인보는 해주 사람인데, 최문헌 공에 대하여 이야기하였다. 문
   헌공(최충)도 또한 해주 사람이다.

계장에서 우연히 쓰다
溪莊偶書

그윽하게 살 곳을 골라
먼저 조그만 채마밭을 일구었네.
푸른 산은 마주한 지게문이 되고
파란 시냇물은 소리 나는 섬돌에 비기겠네.
이십 년 만에 이제야 세상일 동아리를 맺게 되었지만
서까래 세 개로 아직도 오막집을 못 지었네.
다만 평소의 뜻을 어기지나 말고저
가난한 생활이야 난들 어찌하랴.

爲卜幽栖地,　先栽小圃蔬.
靑山當對戶,　碧澗擬鳴除.
卄載方爲杜,　三椽尙未廬.
但無違素志,　貧窶我焉如.

* 동암에 지은 서재 양진암을 계장이라고도 하였다.

동암에서 뜻을 말하다
東巖言志

울창한 숲을 헤치고 기이한 곳을 찾아 옛바위를 얻으니
그윽한 거처가 이로부터 다시금 범상치 않아라.
힘들여 큰 집을 열 생각을 하지 말라
전나무와 삼나무를 심고 그늘 이루기를 기다리라.
이미 유여가[1] 드러났으니 어찌 화상을 만들랴
상산사호를 감출 만하나 남들이 탐내지는 않으리라.
하늘이 참 즐거움과 끝없는 땅을 열었으니
집을 짓고 한가로이 노닐며 생각에 막힘이 없고저.[2]

剔蔚搜奇得古巖,　幽居從此更非凡.
休論費力開堂宇,　且待成陰植檜杉.
已著幼輿安用畫,　可藏商浩不應饞.
天開眞樂無涯地,　築室優游思莫縅.

■
1. 유여는 진(晉)나라 사곤(謝鯤)의 자인데, 여기서는 뜻이 확실치 않다.
   사곤이 죽림칠현과 같은 당시의 은사들과 기미가 상통하는 은자형의
   사람이었으나, 후에 나아가서 높은 벼슬을 하였기 때문에 나라에서
   그의 화상(畵像)을 그려 올리라고 할 필요가 없었다. 퇴계 자신도 이
   미 벼슬을 했던 몸이니 은자의 대접을 받을 필요가 없다는 비유로
   보인다.
2. (원주) 소강절의 시에 "이 바위 가에다 작은 서재를 짓고, 나의 참 즐
   거움을 즐기며 끝없음을 즐기리라"고 하였다.

사물을 관조하다
觀物

하늘의 이치는 끝없이 생성되어 이름 지을 수 없으니
그윽하게 살며 사물을 관조하면 즐거움이 가슴 깊어라.
그대여, 와서 동쪽으로 흐르는 물을 보소.
밤낮으로 이와 같아 잠시도 그치지 않는다오.

天理生生未可名.　幽居觀物樂襟靈.
請君來看東流水,　晝夜如斯不暫停.

황중거가 보내준 시에 차운하다

次韻黃仲擧見寄

우연히 왔다가 시냇가 남쪽에 앉아
시가 왔기에 한번 길게 읊었네.
내가 병든 데다 그대까지 또한 병들었으니
이 푸른 산언덕을 어찌하랴.
시냇가의 새는 자기들끼리 즐거웁고
골짜기의 구름은 본래가 무심하네.
어찌하면 이 두 가지처럼
마칠 때까지 그윽한 마음을 지닐 수 있을까.[1]

偶來坐溪陰,　詩至一長吟.
我病君亦病,　奈此碧山岑.
溪鳥自相樂,　溪雲本無心.
安得如二物,　終年保幽襟.

■
1. (원주) 이때 중거와 중보가 청량산에 함께 놀러가기로 약속했지만, 이
   루지 못하였다.

어제 농암선생을 뵙고 물러나와 느낀 바 있어 두 수를 짓다

昨拜聾巖先生退而有感作詩二首

1.
숲속의 높은 정자는 배처럼 조그만데
날 저물 무렵 평대에 올라 푸른 강물을 굽어보았네.
잎이 지고 나서야 소나무가 꼿꼿한 줄 알겠으니
서릿발이 매울수록 국화향기도 짙어라.
산골아이가 제법 차 다릴 줄도 알고
거문고 뜯는 여종은 수조두[1] 노래를 부르네.
부끄러워라 세속에 대한 관심을 아직도 끊지 못한 채
이런 상암 선경에서 선생을 모시고 놀다니.

林間高閣小如舟.　晚上平臺俯碧流.
木落始知松節勁,　霜寒更覺菊香稠.
山童解辨茶湯眼,　琴婢能歌水調頭.
自媿塵心渾未斷,　商巖仙境得陪遊.

■
1. <수조가두(水調歌頭)>는 악부의 이름인데, 우조(羽調)로 물에 속하기
   때문에 이렇게 이름 지었다. 수나라 양제가 강도에 행차하였을 때에
   지은 것이다. -『고증』 권8

2.

술통을 들고 배에 오르라 하시더니
높은 자리에 앉아서 강물을 보며 웃으시네.
영롱한 별세계라 선창도 고요한데다
한들거리는 선녀의 북과 피리소리도 아름다워라.
세상 길 가며 이따금 발을 헛디디기도 했지만
오늘은 국화꽃을 머리에 가득 꽂았네.
어떻게 하면 그 헛된 이름의 굴레에서 벗어나
날마다 이렇게 세상 밖에서 놀 수 있으려나.

罇酒相携許入舟.　仍於高座笑臨流.
玲瓏玉界窓櫳靜,　縹緲仙娥鼓笛稠.
世路向時眞失脚,　菊花今日滿簪頭.
何因得脫浮名繫,　日日來從物外遊.

동래 여조겸
東萊

여조겸의 여택 이론도[1] 도움이 많지만
중요한 곳에서 다른 소리를[2] 한 것이 거리껴지네.
『동래박의』가[3] 도학의 길이 갈라지는 것을 어찌 알았겠나.
마침내 공리가 많은 사람의 마음을 취하게 하는 것만 보
았네.

呂公麗澤亦資深.　極處猶嫌異賞音.
博史豈知差路陌.　竟看功利醉群心.

■

* 여조겸(呂祖謙, 1137~1181)의 자는 백공(伯恭)이고, 동해는 그의 호이다.
  그는 실(實)을 강조하고 의와 이의 구별을 반대하였으며, 의(義)가 조
  화를 이루는 것이 이(利)라고 하였다.
1. 여택은 나란히 겹친 연못인데, 『주역』의 태괘(兌卦)가 두 못이 겹친
   괘상이다. 친구 사이에 서로 도와서 도의를 강마하는 것을 뜻한다.
2. 여조겸이 의와 이의 구별을 반대한 것을 말한다.
3. 여조겸이 지은 책인데, 『춘추』의 중요한 부분에 대하여 논평하였다.

상산 육구연
象山

상산이 주자를 올라탄 것이 아호사 때부터였으니[1]
논쟁이 깊어질수록 고집도 더욱 깊어졌네.
아프고 측은한 마음이 물난리 때보다도 더 심하니
지금 천한 백성들은 모두 물고기가 되었구나.

象山淩跨自鵝湖,　狠執逾深極論餘.
痛惻無如洪水患,　只今天下盡爲魚.

■
* 송나라의 심학자(心學者)인 육구연(陸九淵, 1139~1192)의 자는 자정(子靜)
  이고, 상산은 그의 호이다.
1. 육구연은 1175년에 여조겸의 소개로 형 육구령과 함께 아호사에서
   주자를 만나 학문을 토론하였는데, 심즉리(心卽理)를 주장하여 주자와
   대립하였다.

동짓달 열엿새에 눈이 오다
至月十六日雪

검은 구름이 하늘을 뒤덮어서
현관이[1] 꽉 막히고 열리지 않네.
아득히 끝도 보이지 않고
까마득하게 밑바닥도 없네.
싸르륵 내리는 싸라기가
약속이라도 한 듯 먼저 내리다가,
어느 새 눈꽃으로 바뀌더니
갑자기 세상이 달라져 버렸네.
잠깐 하늘에서 나부끼다가
하얗게 땅바닥을 뒤덮네.
하얀 난새가 깃털을 너울거리고
구슬아가씨[2] 자매들이 어우러져,
가지마다 소복이 쌓이고
거리마다 폭신폭신 밟히네.
온 궁궐은 귀퉁이가 파묻히고
구슬성엔 성가퀴를 쌓아 올렸네.
개천이랑 시궁창만 맑아진 게 아니라
언덕과 구렁까지 모두 평평해졌네.

■
1. 현묘한 도로 들어가는 문이니, 여기서는 하늘의 문을 가리킨다.
2. 원문의 옥비(玉妃)는 양귀비와 매화꽃의 별칭이다.

예부터 납일 전에 내린 눈은
풍년 들 조짐이라고 임금께 하례 올렸지.
지금 다행히도 때 맞게 내리니
보리싹 냉이싹을 포근히 덮어 주겠지.
호남과 영남 지방은
이태나 흉년이 들어,
백성들이 물에 빠지고 불에 탔으니
임금께서도 한몸같이 아파하신다네.
베풀려는 마음이 하늘과 같아
주나라 방법을 본받아서 시행하셨네.
지난해엔 그래도 마련해둔 게 있어
그 덕분에 많이들 구제했건만,
올해엔 마련해 둔 것도 다 떨어졌으니
어디에 가서 미음쌀이라도 얻어다 주랴.
백성 굶긴 책임을 면할 수가 없으니
가지만 돌보다가 뿌리를 상하게 했네.
이것도 또한 어쩔 수 없는 일이니
저 원망 소리를 어떻게 감당하랴.
다만 바라느니 하늘께서 불쌍히 여겨
아름다운 상서를 끝까지 내리소서.
백곡이 풍년 들고
백성들도 형제처럼 보살펴,

마을마다 태평을 노래하고
귀신도 제사를 자시게 되소서.
한 그릇 밥도 또한 임금님의 은혜이니
만수무강 빌면서 모두 함께 절 올리기를,
병을 참고 앉아서 혼자 노래 부르니
두 줄기 눈물이 하염없이 흘러내리네.

朔雲奄四合,　玄關閟不啓.
茫茫不見垠,　莽莽靡有底.
霏霏者維霰,　先集若有俟.
俄頃雪花作,　倐忽勢相遞.
漫空乍晻靄,　蓋地已瑳玼.
素鸞飄羽毛,　玉妃紛姪娣.
萬樹攢寂寂,　千街渾瀰瀰.
銀闕裹觚稜,　瑤城裝埤堄.
豈唯淨溝塗,　漸覺平隴坻.
古來臘前白,　豐徵賀天陛.
今玆幸及時,　氾可潤麥薺.
念彼湖與嶺,　二年遭凶瘥.
赤子在焚溺,　聖心軫一體.
德意與天同,　推行法周禮.
去年尙有蓄,　猶多賴以濟.

今年蓄已竭，　何處得饘米.
未免責飢民，　補末戕其柢.
此亦無奈何，　何由弭怨詆.
但願天覆閔，　嘉祥終不抵.
穰穰百穀登，　我民兄保弟.
閭閻歌鴻雁，　鬼神享酒醴.
一飽亦君恩，　萬壽咸拜稽.
力疾坐獨謠，　潸然下雙涕.

손자 아몽의 이름을 안도라 짓고는 절구 두 수를 지어 그 뜻을 보여주다
孫兒阿蒙命名曰安道示二絶云

1.
『대학』 배울 나이가 되었건만 가르침을 놓쳤으니
'도'자를 넣어 이름 지은 게 속인 것 같아라.
뒷날 이를 보고 옷처럼 편하게 여긴다면
그제서야 내가 괜히 잘난 척한 게 아님을 알게 되겠지.

失敎今當大學年.　命名爲道若欺然.
他時見此如裘葛,　始信吾非濫託賢.

2.
읽고 외는 공부야 어렸을 적의 일이니
이제부터는 마땅히 격물치지를 해야지
학문이란 오로지 힘을 다하는 것임을 알고
옛 성현 따르기 어렵단 말은 하지 말아라.

記誦工夫在幼年.　從今格致政宜然.
但知學問由專力,　莫道難攀古聖賢.

---

* (원주) 가정 갑인년(1554) 섣달 8일에 서울에서 써서 보낸다.

죽마 타고 같이 놀던 벗들

鄭直哉寄示權使君贈渠近體詩一首索和甚勤效顰呈
似可發一笑

1.
오십년 전에는 죽마 타고 같이 놀았는데
이제는 모두 백발 늙은이들이 되었네.
그대가 술 좋아하는 정박사라면[1]
나는 문 닫고 들어앉은 풍경통이라오.[2]
번잡한 세속에서 길 어긋나 탄식할 때마다
언제나 웃고 즐기며 회포나 풀자고 바랐었지.
글을 보내어 나를 찾아 오겠다 했으니
산꽃이 바람에 날릴 때까지 미루지는 말게나.

五十年前竹馬同.　如今同作白頭翁.
君爲愛酒鄭博士,　我是閉門馮敬通.
每歎乖逢塵宂裏,　常思開抱笑談中.
馳書許欲來相訪,　莫待山花亂落風.

■
* 원제목이 길다. <정직재가 권사군이 자기에게 지어준 근체시 한 수를 (내게) 보내면서 간절히 화답을 바라므로, 본떠지어서 보낸다. 한바탕 웃을 일이다.>
1. 정건이 당나라 현종 때에 광문관 박사를 지냈는데, 일은 안 하고 술 만 너무 좋아하다가 벼슬에서 밀려났다. 두보가 그를 위하여 <취시가 (醉時歌)>를 지어 주었다.
2. 풍연(馮衍)은 후한 때 학자인데, 경통은 그의 자이다. 어릴 때부터 기 이한 재주가 있어 이십대에 모든 책을 통달하였다.

책을 읽고 보내온 조카의 시를 보고
審姪近讀家禮小學大學或問以詩三首來其言若有所
感者用其韻示意云

1. 가례
사람의 떳떳한 도리와 집안의 법도가 환히 밝혀 있건만
늙어가면서 학문도 뜻대로 되지 않는구나.
너는 젊은 나이에 느낌이 일었다니 반갑기도 해라
어른이 되면 집안의 이름을 떨어뜨리지 않겠구나.

民彝家範揭昭明.　　學到殘齡未愜情.
喜汝少年能感發,　　成人應不墜家聲.
－ 家禮

2. 소학
어려서 잘못 키우면 자란다고 어찌 통달하랴
물욕을 따르다 천성을 해치면 새 짐승이나 마찬가지란다.
너무 막아 세우는 말세의 풍속은 참으로 자기를 버리는
짓이니
이제부터는 마음속 깊이 이 가르침을 새겨 두어라.

■
* (원주) 1561년에 지었다.
** 원제목이 길다. <조카 교가 요즘 『가례』·『소학』·『대학혹문』을 읽
　 고 시 세 수를 보내왔다. 그 말에 감동시키는 것이 있어, 그 운을 써
　 서 나의 뜻을 보인다.>

養蒙非正長奚通.　逐物戕天鳥獸同.
末俗過防眞自棄,　從今銘刻在深衷.
‒ 小學

3. 대학혹문
격물치지를 깊이 닦으면 모든 이치에 통하는 법이니
자신을 닦는 것이나 남에게 베푸는 것이나 근본은 한 가
지란다.
진리를 밝혀준 옛 성현들의 힘이 없었다면
우리네들이 어찌 성인의 속마음을 알았으랴.

格致功深萬理通.　誠身澤物本因同.
若非啓發前賢力,　我輩何由識聖衷.
‒ 大學或問

부록

퇴계의 생애와 시 / 윤기홍
연보
原詩題目 찾아보기

퇴계의 생애와 시

퇴계가 태어난 시대는 연산군 7년(1501)이었다.
사화(士禍)가 빈번하게 일어나면서 훈구파와 사림파가
격렬하게 대립하던 때였던 것이다. 따라서 선비들이
출사(出仕)의 명분을 지키고자 하면서도 한편으로는
벼슬살이에서 좌절되는 고통을 체험하기도 하였다.
이 점에서 이 시대는 도학의 보다 굳건한 천착이 요청되고
있었다. 퇴계는 바로 이러한 혼탁한 시대에 이 시대 사림의
모범을 보여주고 있었다. 퇴계의 온유한 품성과 정심한
학문은 시속의 선비들이 벼슬이나 다투는 것과는 유가 달랐
던
것이다. 퇴계는 천부적으로 겸손하며 온유한 성품을 지니고
있었다. 일찍부터 숙부인 송재(松齋) 이우(李堣)로부터 경서를
배우면서 유가의 본분을 철저히 지키고자 하였다. 퇴계는
비교적 뒤늦게야 관직에 들어서게 되었다. 그럼에도 충직한
성품으로 인하여 비교적 순탄하게 관직에 나가게 되었다.
그리고 임금의 빈번한 부름에 응하여 성균관이나
홍문관·사간원 등의 요직을 두루 거치게 되었다. 그러나
퇴계는 벼슬살이가 자신이 본래 뜻하는 것이 아님을 깨닫게
되었다. 그리하여 그의 나이 43세 때에는 남명(南冥)
조식(曺植)에게 관직을 떠나고자 하는 뜻을 밝혔다. 오히려
학문에 전념하여 도학의 수양에 힘쓰고자 하였던 것이다.
이후 퇴계는 자주 병을 칭하여 벼슬을 사퇴하였다. 그리고
고향인 퇴계의 기슭에다 양진암(養眞菴)이라는 암자를 짓고
귀향의 뜻을 굳히게 되었다. 그리고 활발한 저술을 펴내면서
제자를 길러 도학의 기풍을 확립하여 이후 동방의 유학의

기틀을 마련하게 되었던 것이다. 퇴계는 조선 중기의
대학자이자 시인으로서 후세 유학자들의 귀감이 되었다.
송대(宋代)에 확립된 주자학이 중세 철학의 이·기(理·氣)에
의한 철학 체계를 완비시키면서, 중세 철학의 관념론을
이론적으로 체계화시킨 것이었다면, 퇴계는 이러한 철학
체계를 조선 중기의 난만한 문화적 풍토 속에 정착시키고
그리하여 중세적 규범의 완비된 모습을 조선사회의 규범으로
제시하여 주었다는 점에서 커다란 사상사적 의의를 지닌다.
고려 말부터 활발하게 수용된 신유학의 기풍은 안향 이래
조광조·이언적 등을 거치면서 퇴계에 이르러 비로소
확고하게 정착되기에 이르렀던 것이다. 더욱이 퇴계는 심오한
성리학 사상을 앞장서 실천하면서, 도덕적인 수양을 통해
내면의 심성으로 철저하게 도야시키고자 하였다.
그만큼 도학이 심화되고 있었고, 퇴계 자신은 선비로서의
본분에 조금도 어긋남이 없이 살아가고자 했던 것이다.
퇴계는 범연한 선비가 감히 따를 수 없는 기품을 지니고
있었던 것이다. 이후에 퇴계는 영남의 도학에 지대한 영향을
끼치면서 영남학파의 종장(宗匠)으로 기억되게 되었다. 특히
퇴계가 주장한 경(敬)에 의한 심성의 도야는 주자 철학을
실천한다거나 관념성을 극복하는 데만 있는 것이 아니라,
조선시대의 도학이 중국에 비길 만한 수준에 이르고 있음을
보여주고 있다는 점에서 더욱 커다란 의의를 지니고 있었다.
그런데 퇴계의 이러한 학문적인 업적들로 인하여 정작 그의
상당수의 시들은 세인들에게 간과되고 있다. 그러나 그는
시에 있어서도 상당한 경지에 이르고 있다. 오히려 그의

절제된 수양을 통해 지어진 시들은 또한 실천궁행하는
도학자로서의 퇴계의 삶이 생활 속에 얼마나 깊이 천착되고
있는지를 보여주고 있었다. 시 속에 퇴계의 드높은 인품이 배
어 있어 유가 선비로서의 고고한 분위기를 그대로
보여주고 있는 것이다. 사실, 퇴계의 도학에 대한 열성은
그대로 시작(詩作)으로 이어지고 있는 것이다. 따라서
대학자이면서도 오히려 시인적인 모습을 강하게 보여주고
있는 것이다. 퇴계는 도연명(陶淵明)의 시적인 정취를
유난히도 사랑하였다. 드높은 운치를 간직하면서도 호젓하게
살아가고자 하거나, 소박한 마음으로 자연을 즐기며, 퇴계의
전원으로 돌아가서 은둔하기를 바란 것은 바로 연명의 자취
를 찾고자 했기 때문일 것이다. 그러면서도 한편으로는
두보(杜甫)의 시풍을 배우고서 두보의 정심한 시정에 깊이
공감하고 있었던 것이며, 소식(蘇軾)의 기풍에 매료되기도
하였다. 그러나 또한 주자(朱子)의 시에 화답한 작품이 많은
것을 보면, 다만 주자로부터 이학(理學)에 대한 수용에만
그친 것이 아님을 보여주고 있다. 이 때문에 퇴계의 시는
자연을 읊되 음영하는 데만 그치지 않는다.
오히려 자연에 의탁하여 우주의 심원한 이치를 드높은 운치
로 읊고자 한다.
그러면서도 생활의 소회(所懷)를 느끼는 대로 생각나는 대로
그리고자 하는 시[言志詩]도 또한 돋보인다. 그래서 퇴계의
시는 그 자신의 도학에 의한 수양을 통해 우러나온 격조 높
은 시정의 세계를 보여준다. 그래서 때로는 도산(陶山)에서,
아니면 동암(東巖)의 바위 위에서, 아니면 병상에서 느끼는

갖가지 생각들을 담담하게 적어 내려가고 있다. 이런 탓에
퇴계는 조정의 끈질긴 요청으로 출사하지 않을 수
없었으면서도, 다시 고향인 퇴계로 내려가고자 하여 빈번하게
임금에게 사퇴를 간청하였다.

그리하여 자연과 가까이하면서, 자연의 이치에 따라 살고자
하였다. 그래서 물상에 관심을 보이면서 유난히도 산수시를
많이 남기기도 하였다. 산수에 파묻혀 살면서 세속의 찌든
때를 씻고자 하였고, 그리하여 도학자로서의 기풍을 잃지
않고자 하였던 것이다.

퇴계의 시는 한마디로 '온유돈후(溫柔敦厚)'로 요약될 수
있을 것이다. 급박하지 않고 항상 온화하며, 또한 시심이
두터워 너그러웠던 것이다. 때문에 퇴계의 시는 자신의
각고하고 정심한 성품에서 우러나온 것이었다.

그 점에서 시만 짓는 선비들과는 처지가 달랐다.
도학자로서의 깊은 사색이 밑바탕이 되었기에 더욱더 소중한
것이었다. 그래서 때로는 이취(理趣)를 드러내 보이는 것
같으면서도 두고두고 새겨 읽을 만하고 선인의 탁월한 삶의
지혜가 배어 있음을 느낄 수 있는 것이다.

퇴계는 선비이자 대학자이며 순정(純靜)한 기품을 지닌
시인이었다. 그의 사상은 이후 영남학풍의 사표가 되었다.
나아가 도학과 심학을 결합시키면서
예교를 확립하는 데 노력함으로써 후대의 유가의
스승으로 길이 추앙받게 되었던 것이다.

- 윤기홍

연보

1501년, 연산군 7년에 예안현 온계리 본가에서 태어나다. 어려서부터 예의가 바르고 겸손하였다.

1506년, 숙부인 송재(松齋) 이우(李堣)에게서 천자문(千字文)을 배우다.

1520년, 침식을 잃고 『주역』을 읽다가 병을 얻다.

1521년, 진사(進士) 허찬(許瓚)의 딸과 결혼하다.

1522년, 태학(太學)에 들어가게 되다. 이때 하서(河西) 김인후(金麟厚)와 사귀다.

1523년, 첫아들 준(寯)을 낳다.

1527년, 부인 허씨가 세상을 떠났다. 이후 30세에 봉사(奉事) 권질(權礩)의 딸과 재혼하다.

1533년, 경상도 향거(鄕擧)에 1위로 합격해 벼슬길에 오르다.

1539년, 홍문관 부수찬이 되고, 다시 지제교 겸 경연검토관이 되다. 이후 사간원 정언·세자시강원 문학이 되는 등 여러 관직을 거치게 되었다.

1543년, 남명(南冥) 조식(曹植)에게 관계에서 떠나고자 하는 뜻을 밝히다.

1544년, 홍문관 교리로 임명되었으나 병으로 부임하지 못하였다. 이후에 빈번히 관직이 수여되었으나 병을 칭하여 사양하였다.

1547년, 고향인 퇴계의 동쪽에 양진암(養眞菴)을 짓고 귀향의 뜻을 굳히다.

1549년, 풍기군수로 부임하여 주세붕이 세운 소수서원에 편액과 토전(土田)을 하사할 것을 건의하다.

1550년, 농암 이현보를 찾아가 만나다.

1553년, 정지운(鄭之雲)의 '천명도'를 고쳤는데, 이로 인해 학술 논쟁이 일어나게 되었다.

1554년, 노수신(盧守愼)의 「숙흥야매잠(夙興夜寐箴)」을 주석하다.

1556년, 『주자서절요(朱子書節要)』를 지어 『주자대전』의 이론 체계를 정리하다.

1557년, 『계몽전의(啓蒙傳疑)』를 짓다. 이 책은 주자의 『역학계몽(易學啓蒙)』에서 난해하고 의심나는 것을 해명한 것이었다.

1559년, 『송계원명이학통록(宋季元明理學通錄)』을 짓다. 이 책은 주자의 언론의 동이득실(同異得失)이나 그 계통을 따져 송나라 말기에서 원·명대에 이르는 학자들의 지론을 요약해 놓은 것이었다.

1560년, 기고봉(奇高峰)과 사단칠정론(四端七情論)을 가지고 논쟁을 벌이다. 이 논쟁은 퇴계의 68세 때까지 계속되었다.

1564년, 「심무체용변(心無體用辯)」을 쓰다.

1566년, 『심경후론(心經後論)』을 저술하여 심학의 연원을 밝히고, 이단잡설을 물리치는 데 힘쓰다. 정주학(程朱學)을 정학으로 정립하고자 노력하였다.

1568년 「무진육조소」를 지어 시무에 관해 논하다. 이 해에 퇴계 사상의 대요를 요약하여 『성학십도(聖學十圖)』를 저술하다. 이 책은 생애의 총결산이라 할 만한 것이다.

1507년, 기고봉과 '심성정도(心性情圖)'와 '치지재격물설(致知在格物說)'을 토론하였다. 이 해 12월에 세상을 떠나다.

[原詩題目 찾아보기]

過吉先生閭 15

月影臺 17

書堂次金應霖秋懷 18

泰安曉行憶景明兄 19

過淸平山有感 20

九日獨登書堂後翠微寄林士遂四首 25

晩步 26

題黃仲擧方丈山遊錄 28

上聾巖李先生 29

晉史潘岳傳 30

馬上 31

白雲洞書院示諸生 32

退溪 33

和陶集移居韻二首 34

和陶集飮酒二十首 35

溪堂偶興十絶 38

書徐處士花潭集後三首 40

紅桃花下寄金季珍二首 41

寓舍西軒早起卽事 42

台叟來訪云夢中得句相思成鬱結幽恨寄瑤琴覺而足成四韻書以示之次
韻 43

寓龍壽寺聾巖先生寄示蟠桃壇唱酬絶句奉和呈上二首 44

答季珍 45

講道 46

歲終琴聞遠琴壎之金子厚將歸示詩相勉亦以自警警安道三首 47

東齋感事十絶 48

陶山書堂 49

步自溪上踰山至書堂 50

齋中偶書示諸君及安道孫 52

至月初八日夜記夢二絶 53

孫兒安道近往龍壽寺讀書因追憶先世爲子姪訓戒之詩所以誨導期望者
丁寧懇到反復誦繹不勝感涕拳拳之至不可不使後生輩聞之謹用元韻寄
示安道庶幾知家教所自來以自勉云爾　先吏曹府君少時與叔父松齋府君
讀書龍壽寺先祖兵曹府君寄詩一絶云　：『節序駸駸歲暮天雪山深擁寺
門前念渠苦業寒窓下清夢時時到榻邊』　先第三兄，第四兄少時讀書龍
壽寺先叔父松齋府君寄詩一律云　：『碧嶺圍屏雪打樓佛幢深處可焚油
三多足使三冬富一理當從一貫求經術莫言青紫其藏修須作立揚謀古來
業白俱要早槐市前頭歲月遒』今滉寄示安道詩二首 54

中和郡刊謬文字曾囑奇明彦焚毀今得其書已焚去之喜次來韻 55

書院成名以易東一絶見意 56

病中偶記前日無字韻和句錄呈存齋 57

己巳正月聞溪堂小梅消息書懷二首 58

漢城寓舍盆梅贈答 59

盆梅答 60

陶山月夜詠梅六首 61

濯清主人寄余書有假寓江皐之嘲戲贈二絶 65

士敬以病未遂清涼之約有作夾之所和韻二首 67

野池 69

寄題金綏之濯清亭二首 70

贈李叔獻四首 72

出山明日次韻答黃仲擧二首 74

溪齋寄鄭子中 76

前日靜存書末有嶺梅吐芬時寄一枝之語今年此間節物甚異四月羣芳始
盛而梅發與之同時人或以是爲梅恨是非眞知梅者乃所處之地所遇之時
然耳適答靜存書因寄梅片兼此二絶亦不可不示左右願與靜存共惠瓊報
庶幾爲梅兄解嘲也 77

辛亥早春趙秀才士敬訪余於退溪語及具上舍景瑞，金秀才秀卿所和權
景受六十絶幷景瑞五律余懇欲見之士敬歸卽寄示因次韻遣懷 79

心經絶句次琴聞遠韻 83

懷士敬 85

庭梅二絶 86

寄趙士敬三首 87

次韻士敬芙蓉峯諸作 88

題柳而得畫二牛圖 91

次韻答士烱時甫 92

溪莊喜伯强見訪四首 93

吳宜寧公三友臺 97

昆陽次魚灌圃得江東州道院十六絶 100

昆陽陪魚灌圃遊鵲島是日論潮汐 104

足夢中作 106

家兄以賑恤敬差往本道聞寒食來家山澆奠滉拘官在京無計助參因思去
年秋滉以京畿災傷御史行到朔寧等處值九日作詩三首錄寄仁遠仁遠和
詩來京適值寒食吟詩念事情感倍劇旣以詩答仁遠復次元韻奉呈家兄
108

全義縣南行山谷人居遇飢民 110

臥病困暑有懷錦湖子林亨秀案上取鰲山錄讀之書其後 111

贈南景霖遠接從事西行 112

宿淸心樓 114

記夢 115

養生絕句次古人韻示景霖 116

高曾墓澆奠去乙亥年中叔父爲府使來奠今三十有五年矣墓在安東北 119

閒居次趙士敬穆具景瑞鳳齡金舜擧八元權景受大器相唱酬韻 121

喜林大樹見訪論詩 124

韓士炯胤明往天磨山讀書留一帖求拙跡偶書所感寄贈 129

奉酬南時甫彦經見寄 133

泮宮 137

葵花 138

次韻晚翠堂 139

陽智縣淸鑑堂南景霖韻 140

偶吟 141

又和擬古 142

漾碧亭次趙季任韻 144

寄題四樂亭 145

三月病中言志 149

絕句 151

次圭庵韻 154

士遂自書堂攜印上人來請題詩卷三首 156

觀音院避雨 158

四印居士盧仁父見訪用前韻 159

溪莊偶書 161

東巖言志 162

觀物 163

次韻黃仲擧見寄 164

昨拜聾巖先生退而有感作詩二首 165

東萊 167

象山 168

至月十六日雪 169

孫兒阿蒙命名曰安道示二絕云 173

鄭直哉寄示權使君贈渠近體詩一首索和甚勤效顰呈似可發一笑 174

甯姪近讀家禮小學大學或問以詩三首來其言若有所感者用其韻示意云
175

이 책을 옮긴 **허경진**은

1974년 연세대학교 국문과를 졸업하고,
1984년 같은 대학원에서 박사학위를 받았다.
목원대학교 국어교육과 교수를 거쳐
연세대학교 교수를 역임했다.
주요 저서로『조선위항문학사』, 『대전지역 누정문학연구』
『넓고 아득한 우주에 큰 사람이 산다』,『허균평전』등이 있고
역서로는『다산 정약용 산문집』,『연암 박지원 소설집』,
『매천야록』,『서유견문』,『삼국유사』,『택리지』,
『한국역대한시시화』,『허균의 시화』가 있다.

韓國의 漢詩 · 6
退溪 李滉 詩選

옮긴이 · 허경진

펴낸이 · 이정옥

펴낸곳 · **평민사**
1986년 4월 10일 초판 1쇄 발행
1996년 1월 10일 개정증보판 1쇄 발행
2020년 4월 30일 개정증보2판 1쇄 발행

주소 · 서울시 은평구 수색로 340, 동일빌딩 202호
전화 · 375-8571(영업)
팩시 · 375-8573
E-mail · pyung1976@naver.com
등록번호 · 제25100-2015-000102호

값 13,000원